그윽이 내 몸에
이르신 이여

그윽이 내 몸에
이르신 이여

이윤선 시집

다힐미디어

차례

1부 함께 앉았던 그때처럼

2부 안단테, 안단테

3부 어느 숲의 목청 높던 노래들

4부 바다 끝에 들다

1부
함께 앉았던 그때처럼

아무 글자든 쓰거라

반백년 바람으로 흘러와
배면背面 향해 섭니다
그새 내 유년의 큰방 윗벽
아부지 허리만큼이나 기울었군요

땅거미 내리고서야 아부지
윗목 걸어둔 초꼬지에 불을 켜십니다
등잔 지름 애낄라고 손이 떨리면서도
늘쌍 내게 이르시는 말씀

아무 글자든 쓰거라

머슴살이 버신 돈으로
깽이 삼도추 돔배 사서 사래 긴 밭 일구실제
단지 송쿠죽 암만 떠 넣으셔도
그라고 배가 고프셨답니다
일자무식 우리 아부지

예순여섯 고부랑 나이에사
씨받이 내 어미 보셔 나를 낳으시곤
내 걸음걸이도 하기 전부터 성화셨답니다
달력이며 거름포대며 종이만 보면 주워 오셔

아무 글자든 쓰거라

꼼지락 손 내가
무슨 글을 쓰든 무슨 그림을 그리든
아부지가 아실 리가 있을랍디요
그저 망뫼산 꼭대기 성근 별들
우리집 마당으로 싸목싸목 내려앉았을 뿐이지요

아부지, 흡족하신가
색깔 없는 종이들 까맣게 채워질 때마다
아래턱 주름 숭키실라고 코 벌름거리셨제라
나는 변함없이 아버지 놓고 가신 무색의 종이
씨줄날줄을 그을 뿐입니다

지름 애낄라 심지 줄일 필요도
땅거미 내린 어둠 기다릴 필요도 없는 오늘
불현듯 배면 향해 내 유년의 초꼬지불 켜는데
어쩌자고 초꼬지 심지 저리 흔들리는지

불일암 고목

불일암 오르는 길
우두커니 서 있다
비자榧子 고목 한그루

겉껍질은 세월에 벗겨주고
속껍질은 가슴애피로 벗겨주었나
작은 바람에도 위태롭게
지팡이 짚으신

부르튼 피부 비집고 몇 개
위태롭게 난 잎들
백토 진토 비집고 나온
나의 배내옷

바람인가 오음五音의 노래인가
숭숭 뚫린 껍질 새
채 못 다 부르신
아, 그대로만 서 있어도 좋으실
어머니

고목에 대한 명상

고목 한 그루 있었네
거대한 자태가 장엄하여 늘 자랑스럽게 생각했었지
어느 날인가 큰 태풍 일어 쓰러졌더니
종내 회생하지 못하고 스러져가더이

하루 이틀 한 달 두 달
어느 새 몇 년이 지났던가보이
자빠진 거목, 나방이 움자리 틀고 개미가 파먹고
이름 모를 미물들이 그 안에 거처하는 듯 하더이

십여년이 지났던가 십수년이 지났던가
까맣게 잊고 있다가 불현듯 생각나 가보았더니
견고하던 껍질은 불사른 듯 재가 되었고
쇳덩이 같던 피부도 퍼석퍼석 내려앉았더이

수십년 아니 수백년을 그 자리 홀로 서서
구한말 역병도 지켜보고 나라 망하는 꼴도 지켜보고
일본놈들 활개치는 것 동족상잔의 참혹한 핏덩이들 다 지켜보고

차마 보지 못할 풍상들 다 겪어낸 고목 아닌가

땅으로 땅으로만 낮아져
이제는 티끌마저 억새 아래 거름이 되었더이
나대며 이름을 알렸겠는가 사래치며 빛을 냈겠는가
그저 그 자리 그대로 묵묵히 제자리만 지키고 있었지 않은가

본래 왔던 곳이것제 아마
이제는 온전히 땅으로 스며들어
나무와 풀과 개미와 나방들을 키워내신
티끌마저 남김없이 흙되고 바람되어 만물을 키워내신

그윽이 내 몸에 이르신 이여

유세차 기해년 나리꽃 화사하게 피어
견우직녀의 달 가까운 첫물 때 날
그저 쌀밥 한 술, 맑은 물 말아 올리옵니다
아, 그윽이 내 몸에 이르신 이여

홰치는 닭 있어 아침 밝히시고
기러기 떼 지어 날아 저녁노을 만드시니
날마다 미명 열어 새 세상 만드시는 극진하심
어찌 이리 충만한지요

장마 걷어 음의 기운 쳐내시고
배롱 붉게 피워 양의 기운 몰아오시는군요
꽃 진 진록의 숲들 파르르 떨리는 까닭
실한 열매 예비함 아니겠습니까

하지만 두렵습니다. 한낮의 영광 지나간 자리
비로소 하늬바람 불어 제비들 돌아갈 때
아무 과실 든 것 없이

나 홀로 어떤 길 서있게 될지

지명知命 넘어 아스라하니 달려온 외길
코끝 간질이는 이 바람 데리고 오셨군요
어느새 조금 사리 지난 물때 이르겠지요
동주의 잎새 바람에 떨리는 날

저녁놀처럼 내 삶이 스러질 때
오월 유시 노을 짙은 범호산 자락 나를 내려 놓으셨듯
내 영혼 한 점 부끄럼 없이 당신에게 갈 수 있게 하소서
맑은 정기 모두어 흠향하시옵소서

우주에 이르신 쌀밥 한 술 음복하옵니다

길은吉隱 상향尚饗

벙어리 바람

우리 벙어리 이모가 그러했답니다
깔크막 까끔에 갈쿠나무 할 때도 어버버
나락배늘 헐어내 홀테질 할 때도 어버버
미사여구 감언이설 왼갖 말들 두고도
평생 어버버 어버버
손짓발짓만 하셨더랍니다
하고 싶은 말들은 그냥 늦가을 낙엽 아래 묻어두셨던 게지요

우리 어머니가 그러했더랍니다
깔비고 소띠끼고 쇠죽쑤고 또 저녁 짓고
삶은 보리에 흰쌀 한주먹 보깨 엎어 밥 짓고
까지노물 무쳐 소반상 들여놓으시고도
본인은 정작 정재 부숭에 앉아
그저 응응응 흥그레소리만 흥얼거리셨답니다
하고 싶은 말들은 그저 흥그레타령 깊은 어디 숨겨놓으신 게지요

우리 빼다른 성님들 그러했더랍니다
나락가실 등짐져서 마당으로 내릴적에

오르는 길 지게엔 나를 태우고
내리는 길 지게엔 나락 다섯뭇이나 지고서도
짝대기 받쳐 한번 쉬잔말 않으시고
높디높은 가을 하늘만 쳐다보았답니다
하고 싶은 말들은 그저 하늘구름 어디짝에 숨겨놓으신 게지요

눈을 닫아야 천리가 보이고
입을 닫아야 천길 심중이 보이는 것일까요
가을비 내려 낙엽들 지천되니 비로소 들립니다
구름타고 내려온 바람들이 잔솔 돌아 저들끼리 수군대는 말들
어버버버 응응응 구성도 없고 장단도 안맞는 바람들이
오늘 내내 우리 동네에 불었답니다

늦감자를 캐며

어머니, 생각나시는 게라
모방 두대통 가득 늦감자 쌓아놓고
무수싱건지 국물 삼아 끼니 때우던 일
그때는 어째 그리 내키지 않았을꺼라

어머니, 댓마지기 사래 긴 밭
사십일감자 물감자 심어두시고
동짓달 이르면 안 된다고 몽땅 썰어 널으셨지라
판매날짜 기다리던 일 어째 이리 아득할꺼라

어머니, 두대통 안짝 써금써금한 놈들 추려내어
무쇠솥 가득 끓이고 죄고 달이고
섣달 금날이면 매번 만드시던 조청 말이지라
그 뜰뜰하던 감자물엿 어째 이리 그리울꺼라

올 봄 뒤얀 귀퉁이 한 이랑 올리고
묽은 감자엿 생각에 몇 순 꽂아두었지라
여름장마 가을가뭄 까맣게 잊고 있었는데

문득 동짓달 지났나 싶어 캤더니 알이 쪼깐 들었구만이라

어머니, 말씀은 안하셔도 다 알고 계셨지라
찐감자 먹고 뀌는 방귀는 어째 그리 구리고 독한지
꾸역꾸역 감자 울대 넘기는 소리 낮잠을 깨워도
어이구 우리 새끼 잘 먹는다 잘 먹는다 다독이시던 말씀

물감자 아니니 어찌 조청을 고아낼 수 있겠소만
무서리 해어름 늦감자를 캐놓고 보니
우리집 반침 늦가을 볕살 받아 꾸벅꾸벅 졸고 싶어라
뜰뜰하게 고아내시던 감자물엿 먹고 싶어라 어머니

해와 달이 된 어미

문틈으로 어미의 옷과 머리 수건이 보였지요
반가운 마음에 오누이 얼른 문을 열려다 보니
백년 묵은 여시 꼬리처럼 아!
호랑이 꼬리가 보이지 않았겠습니까

얼른 뒤꼍으로 도망가 높디높은 감나무 위에 올랐더니
호랑이 그새 알고 쫓아 나왔더랬지요
하늘에 빌었으나 쇠줄은커녕
썩은 동아줄도 내려오지 않았는데

글쎄 엉뚱하게 호랑이에게 밧줄을 내려주는 것 아닙니까
밧줄 타고 오르는 호랑이를 피하려
잽싸게 남매 땅으로 뛰어 내렸는데
호랑이도 따라 뛰어 내리다가
수수밭에 떨어져 죽었답니다

호랑이 죽은 자리 선혈이 낭자한데
가만히 보니 뱃속에 치마저고리 보이더랍니다

새해 첫날부터 삯일을 나가셨다가
정거름재 넘기도 전에 어머니 잡아먹히신 게지요
오누이 울다울다 망단하고 기도를 하였더니
어머니를 둘로 갈라 해와 달이 되게 해주셨답니다

어미 없이 자란 오누이는
새해 첫날만 되면 정거름재 올라 해와 달 기렸는데
이 사실을 잘 모르는 사람들은 오누이가 하늘에 올라
해와 달이 되었다고들 한답니다
신축년 새해 첫날 정거름재에 올랐더니
아! 몸 나누어 해·달 되신 어미가 덩실 떠올랐습니다

산누에나방

나 어렸을 때 아버지 돌아가신 날
손바닥만 한 나비들이 날아다녔어요
그리 많은 나비들은 생전 첨 봤지요
왜 우리 집을 에워싸고 날아다녔을까요

훗날 나이가 들고서 장자를 읽었어요
소요유의 호접몽 그 나비의 꿈 말이에요
그래서 아버지를 생각했지요
돌아가시자마자 나비가 되셨다고
주춤주춤 걷지도 못하시던 중풍의 몸을 열어
그리 훨훨 날아가셨다고

우리 집 또랑물 마르고 채워지기를 삼십 몇 번인가
그쯤 되었을 거예요 아마
첫째 낳자마자 이름을 지었어요, 붕鵬이라고
기상학자 로렌츠를 알기 전이었죠
북쪽의 웅덩이 물고기 한 마리
이글대는 남쪽 구만리 날아 붕새가 된다 했거든요

붕새는 나비가 변해서 된 것이겠지요

아마도 그런 것 아니겠어요
잠깐 사람 몸 빌려 오셨던 아버지가
구만장천 날갯짓 할 우리 아이들로 날아다니시는 꿈
저 산누에 나비 날갯짓을 보면 알아요
어쩌다 한 번씩 꿈길로 오시는 아버지
나도 머잖아 우리 집 돌고 돌아
아버지 계신 곳으로 날아가려 해요

아버지

지난밤 꿈에 아버지가 다녀가셨다
중우적삼 바지돔방애 그 모습 그대로
대들보 중보 서까래 먹줄 그으시더니
홀연히 사라지셨다

또 누군가, 어머니셨을까
여러 묶음의 꽃들 뜰 안에 내려놓으신 이
따복따복 꽃나무들 밟아 심다보니
또한 홀연히 사라지셨다

예순여섯 나를 낳으신 후 고작 십 수 년
부나방 지천으로 날아들던 밤 홀연히 가시더니
몇 십 년이었나, 다만 꿈길로만 오신지
백골 진토 된 세월이라, 무슨 그리움 따위 있으랴

대목수들 황장목 다듬어 우리 집 짓던 날
짚 썰어 흙 이겨 붙이고 정재 부숭 불 넣고
덕석 깔아 자던 첫날밤 아련한데

아버지는 무슨 까닭, 먹줄 들고 오셨나
어머니는 무슨 까닭, 꽃나무 들고 오셨나

오늘 같이 바람 불어 비 많은 날엔
백년이고 천년이고 깊은 꿈 깨지 말았으면
베어두었던 유년의 한 허리, 서리서리 펴내었으면
아버지의 끌망치 갖은 도추 보듬아
하늘 잡아 구름 베고 나는 다시 잠을 청한다

감자엿

섣달 그믐
어머니는 감자엿을 달이셨다

시컴 시컴 고쿠름한 물감자
두어소쿠리 가득 담아내시니
모방 두대통 휑하니 비었다

썩은 데는 도려내고 꼭지도 잘라내고
물컹물컹 한 솥 끓여내시면
태굿이라~도 안했는데
단내 맡은 헛것들 어찌 알고 왔는지
싸리눈 앞세워 휘젓고 다녔다

애야 꾈나무 단단히 잡어라
부삭불 살짝 사그라질 때라야
성근 차대기 물감자 넣으신다
찐득찐득 베올 뚫고 나오는 물엿들

밤새 잉글잉글 불 다는 부삭불
비땅으로 아무리 쏘삭질하고
있는 노래 없는 노래 다 불러 봐도
꾸벅꾸벅 졸음 어찌 그리 쏟아지던지

밤새 단내 나는 꿈만 꾸었을까
어느 참 눈을 뜨면 아침
웃목 성주 동우 옆 물엿단지
속이 뜰뜰하도록 떡 찍어 먹었다

섣달 그믐야
누가 달이셨나 조청 가래떡
싸리눈 더불어 날던 도깨비조차 사라진지 오래
나는 이제 어떤 비땅 잡고
어머니 달이시던 부삭불 헤집다가
뜰뜰한 물감자엿을 맛보아야 하나

돼지감자

지난 한철 키 넘게 자라더니
튼실한 구근을 키웠구나
가을내 노랗게 뒤얀 귀퉁이 덮었어도
따뜻한 눈길 한번 못받더니
언제 알알 튼실하게 키웠더냐

설매 홍매 아니라고
군자 선비 아니라고 뉘가 눈길 주었더냐
나리 국화 아니라고
시인 묵객 아니라고 일필휘지 못 하였더냐
그저 묵묵히 꽃을 피워냈을 뿐

돼지감자 파며 지난 여름 떠올린다
잘 씻어 삶고 썰어 고운볕 말리며
무서리 견디던 무리꽃을 생각한다
아무 눈길 받지 못했어도 탓하지 않고
이름도 빛도 없이 뿌리 키우신

돼지감자꽃 같은 꽃을 피워야겠다
돼지감자 같은 구근을 키워야겠다
살아생전 눈길 한번 받지 못하셨어도
묵묵히 뿌리 키우시던
돼지 감자꽃 같으시온 어머니

가을 북새

구름도 가을이면
단풍이 드는 것일까
여름 내 무성하던 진청의 숲 사이로
한 무리 도깨비 떼들 스며든 자리
아버지 이른 새벽 반침에 앉아 말씀하셨지요
북새로구나

아버지 보이시나요
동트기 전 그 마루 내 걸터앉아
상기 이른 새떼 날아오르는 동녘을 바라보아요
머잖아 아이들 물어오면 대답하려구요
북새로구나 새벽놀

계절마다 하늘빛 받아
방죽물 갱물 그리도 푸르듯
아버지, 이제야 알겠어요
북새 하늘빛 온몸으로 받아
숲도 마침내 단풍이 드는군요

붉은 심장 뛰던

그 많은 세월들 휘돌아 보내고서야

비로소 하늘 올려다보아요

북새했으니 곧 비가 내리겠지요

아버지, 함께 앉았던 그때처럼 바라보아요

눈 아니 내린 겨울

눈 아니 내린 겨울
때 아닌 냉우冷雨 고을을 배회하는데
해무 뚫고 내 마당에 들어서는 소년 하나

갱번가 밀린 진줄 댓 바작 져 올리고서야
첫닭울음 썰물에 실려 나갔다
새꽤까지 마중 나온 중풍 아버지의 마른 기침소리
통새 그득 진줄 져 내리면
지난 조금살 쇠똥 퇴비 뜨는 훈짐
오래된 봉옥 가지 사이로 동이 트기 시작했다

서울 갔던 누님 돌아와 이불 맞추고 베개 수놓고
소를 몇 마리씩 키우는 매형 얻어 시집가던 날
두엄 묻어뒀던 홍어 꺼내 볼가지 툴툴 털어내도
어허 잘 삭았다고, 어허 맛있다고
양념소금에 쌓이던 말들의 성찬

소년 장성하여 글 읽는 소 한마리 들인 후에도

비 없고 눈 없는 겨울만 되면
없는 살림 제사 걱정하던 버릇일까
무담시 농사 걱정이 앞선다
보름 논밭둑 불놀이 암만 해도
그저 성할 것만 같은
병해충 걱정이 앞선다

올해처럼 눈 아니 내린 겨울
때 아닌 찬비 도시를 배회하는데
무엇이 다급한지 성미 급한 봄
소년 앞세워
내 마당에 들어서고 있다

눈길

눈이 이라고 수북하게 내린 날은 짜박짜박 어린 날 눈잔등
생각이 난다
누님 어린 나 등에 업고 갯골 잔등 너머 젖 먹이러 다니실 제
생모는 젖 나오지 않아 쌀가루 갈고 뜬물 풀어 맥이셨다더라
모진 갯바람은 성근 얼터구마다 눈두덕 쌓아
고사리손 누님 무릎 넘고 허리 넘고 키도 넘었지

눈이 이라고 움푹진푹 내린 날은 가지 못한 길들이 생각난다
사춘의 시절 내내 가지 못한 길 아쉬워
덤불숲 구부러진 끄트머리만 바라보고 살았다
누님은 돈벌이 서울 길 가셔 구로동 재봉틀만 굴리셨다더라

눈이 이라고 무지무지하게 내린 날은 가지 않은 길들이 생각난다
넓은 길도 아니고 좁은 길도 아닌 내 길은 무슨 길이었을까
갯바람 없어도 추회追悔의 눈발, 흉중의 바닥을 긁어대는데
소 띠기고 깔 비던 누님 더 이상 눈길 위에 계시지 않다

눈이 이라고 무시로 쌓인 날은 새 발자국 내기 두렵다
앞서 가신 이들 언감히 따라 걸었나, 뒤따르는 이들 이정표가

되었나
그저 반백을 건너뛰어도 숲으로 난 길은 아득하기만 하고
새로 나는 길들은 변함없이 갈래치기를 한다

오늘처럼 이라고 눈 내린 날에는 먼저 가신 누님이 생각난다
간단없는 바람 천지를 왕래하나 가지마다 줄기마다 달아둔
백화白花들 좀 보아
눈부시도록 찬란한 설백의 상여꽃, 훨훨 흩뿌리는 순백의
지전紙錢춤들
꿈길로 오셨던 누님 눈두덕 즈려밟아 오르시는 모양이다
핏덩이 나 업고 젖 먹이러 다니시던 우리 누님 영영 가시는
모양이다

띠루리리 띠루리리

지금도 인천 합판공장에는 골목마다 눈이 내리고 있겠지
발목 빠돌록 눈 내린 창문 안으로 띠루리리 띠루리리
자진모리 육자배기토리 쉬지도 않고 노래를 부르고 있겠지
이층에서 지하로 내려가는 엘리베이터 삐걱삐걱 반주를 하고
있겠지

창문 밖으로 함박눈 내려도 눈길 한번 줄 수 있었겠어
띠루리리 띠루리리 자진모리 육자배기 엘리베이터 노래 하니
한눈팔 새도 없이 신나 칠할 때 동료들은 고리장식 갖다 붙였지
띠루리리 띠루리리 한 장단 한마디마다 틀거리 농짝들이
내려왔지

고참 성님 레일버튼 누르면서 그러셨지 인생은 쉬지 않는
레일이라고.
띠루리리 띠루리리 레일을 따라 엘리베이터 따라 내려오던
농짝들
영하 같은 일층에서 삼십도 넘는 건조실로 순식간 횡단하는
동굴 공장에서

띠루리리 띠루리리 고고치고 디스코치듯 감당 못하는 몸만
비틀어댔지

이렇게 함박눈 지치게 내리는 날에는 인천 합판공장 생각이
나네
담배 한 모금 뿔 시간 없던 합판공장 자개농공장 레일이
생각이 나네
인생은 여유가 있어야 한다고 어깻죽지 한번 추키고 어금니
한번 물었을 뿐인디
신나 가득 칠한 농짝 띠루리리 띠루리리 레일타고 엘리베이터
타고 내려오네

빨랫줄

아무렇지도 않고 예쁠 것도 없는
사철 발 벗은 아내가
따가운 햇살을 등에 지고 이삭 줍던 땅
지용의 노래가 어찌 옥천에만 머무르겠는가

남도 땅 여기 한 귀퉁이
우일신 신록과 청청 하늘의 경계
탁함과 순백을 전복顚覆하는 경계
아내는 아침마다 빨래를 내다건다

머나먼길 쿰브멜라 순례에 나서
갠지스에 몸 담갔던 현장이
요단강가 예수께 물씻김 하던 요한이
아내의 빨래를 닮았을까

어머니 명베 서답 널던 뒤까끔에도
오늘처럼 따가운 햇살 가득했었지
순백의 저고리 돔방 내다 건 빨랫줄에

가난한 내 심중 더불어 내다 건다

뚜부

고향은 내게 뚜부처럼 살라 한다
우리고향 거시기 마을 칠삼골 있지
이편저편 갈려 싸우던 민족동란의 날들
아이들까지 한 고랑에 넣고 따따따따, 아! 칠십삼명
살아남은 자들마저 진토 된지 오래인데
철마다 씻김굿 한다고 무엇이 씻어졌을까
통한의 핏물 벗고 그저 흰색으로 살라 한다

고향은 내게 뚜부처럼 살라한다
아들아 모난 돌 정 맞는다 나서지 말거라
딸아 죽임 당한다 어느 편도 들지 말거라
낮으로는 대한민국 만세!! 밤으로는 인민공화국 만세!!
물정 모르는 자들 영예로 현혹해도 한줄기 바람일 뿐
뚜부같은 놈이라고 손가락질해도 그저 무시하거라
자기중심 낮춰 물렁물렁하게 살라 한다

고향은 내게 뚜부처럼 살라 한다
매해 설날 어머니 만드시던 뜨끈뜨끈한 집두부

볼태기 터지도록 한입 우물거리고서야 보인다
심중으로만 베어들었던 짠지국 같던 세월
내편 네편이 아니라고 비웃는 손가락들 사이로
이제는 형수 만드신 뜨끈뜨끈한 두부 한 모 베어 문다

고향은 내게 두부처럼 살라한다
어느 감옥에 있다가 출소하는 것이었던지
다시 갇힐지도 모를 이 땅의 감옥을 나서며
허가디 허간 두부 한 모 베어 문다
나는 너무나도 늦게사 알았다
설 보름 유두백중마다 어머니
밀백기 지으시던 뜻

---

*백기白起 : 중국 전국시대 진나라의 4대 장군 중 한 사람, 40만 포로를 스스
로 땅을 파게 하고 그 속에 묻어 죽였다. 중국 산시성 백기육白起肉이란 흰 두부
요리는, "백기를 삶아 먹는다"는 중국어 '츠바이치(吃白起·홀백기)'에서 온 말이
다. 원수의 뇌수를 씹어 먹듯 조상의 한을 되갚는다는 뜻인데, 진도지역에서도
어떤 연유인지 명절 두부 음식을 '밀(명절)백기'라고 한다.

가을 마당에 서서

날아가는 새만 봐도 웃음 터지던
봄날 아이들 볼때기 빛일까
생면부지 서방 만나러 가마 타던
새색시 연지곤지 빛일까

불현듯 새벽안개 걷힌 틈을 타
그 뉘 계시기에 뜰 안의 풍경 색칠 하셨나
여러 계절을 돌아든 남방南方의 춘추春秋
주작朱雀의 빛으로 내 마당에 들었다

고작 내가 알 수 있는 것
청빈함으로 포장한 나의 가난이
겸연慊然스러움으로 에두른 나의 욕망이
시절 몰라 방황타 가을 문턱에 이르렀다는

나는 알았다 오래 살다 보면 이런 날 오리란 것
버나드 쇼처럼 묘비명 쓸 수 있을까
수상한 계절들 하릴없이 흐른 뒤

새삼스레 마주선 처연凄然한 풍경들

마당 가로질러 묵은 빨래 내다건다
낙엽의 설니홍조雪泥鴻爪
바람 불고 눈 내리면 서방西方으로 귀천할 뿐인데
무슨 미련 더 남아 마당 가득 붉히는가
내게 가을은 부끄러운 낯빛이다

---

*설니홍조雪泥鴻爪 : 눈 위에 난 기러기의 발자국

2부

안단테, 안단테

권

뉘산네가 권이 뭣이냐고 물어보길래
과일 중에 가장 못난 모과를 보라고 말해주었다
덕지덕지 얼룩피부여도 익은 햇살빛이요
하찮아 보여도 가시줄기 얽히고설킨 모과나무를 보라고
말해주었다

안뜰에 모과를 심었더니
수삼년 새 주렁주렁 모과가 열렸다
여나무 개는 따서 모과차 만들고
대여섯 개는 차에 싣고 다닌다
모과차는 겨우 내 골골 감기약이요
향은 자잘한 냄새까지 다 잡아준다

뭉떡뭉떡 지지리 못났는데
하는 모양새 영락없는 유제 아짐이다
볼따구니 엉뎅이 늦가을볕 받아 오금조금
애기 업고 옹구 이고 진 걸음걸이

갖은 풍상 견디었으나 사뿐사뿐하다

새내끼 허리 질끈 동여매고
가만히 서있다 우줄우줄 어깨짓만 해도
오매오매 저것 잔 봐라
물 찬 제비같이 귄이 찍찍 흐르네야
우리 동네 아짐들이 그랬다

계면조 서설

문밖 동리 국화 따다
횡경막 얇은 어드메 넣어두었더니
해 걸러 내린 서설瑞雪 좇아
순백의 경계로 다시 오시었다

한 숨 몰아쉴 때마다 솟구치는 그리움
사뿐사뿐 걷는다 해도
시나브로 명치끝을 건드리는 것
아마도 내 울렁증 때문이겠지

지난 꿈에 거문고 정 치던 이일까
사립문 밀고 들어서는
유년의 아이 하나
무릎 덮던 내 고향 설원풍경을 몽땅 몰고 오셨다

갯골 이슴바우 붉디붉은 맹감
망뫼산 잔솔 헤집어 오르던 바람 여전한데
흩뿌리는 순백의 서설들

파르르 파르르
웅숭깊은 계면조界面調 술대 치는 소리

서설은 안과 밖의 사립인가
중우적삼 바지돔방애 젊은 날의 아버지
발자국도 내지 않으시고 너울너울 들어서시는
날숨과 들숨의 계면
내 간절한 늑막의 사이

겨울 맹감

옛날옛날 주년국 땅에
ㅅ만이라는 사람이 살았던 모양입디다
찢어지게 가난한 살림에
아내가 잘라 준 머리칼 내다 풀어서
뜬금없는 조총 사고 포수질을 댕겼드랍니다

포수질이 어디 쉬운 일이랍디까 이래저래 돌아만 댕기다가
어느 골짜기에서 백골 한 개를 발견했더랍니다
이것이 우리 조상 백골인지도 모르겠구나
그리 생각하고 모셔 와서 오만 정성을 다 했더니
아, 해골에 영금이 있었던 모양일께라

서른세 살 정명 삼 차사 삼재수를 꼽아보고
세 가지 신발, 세 가지 띠, 관디 셋을 세거리길에 놓아
현몽하신 정성 그대로 다 했더니
곡간 가득 곡석 모이고 하는 일마다 잘 되아
잘 먹고 잘 살았다지 않습니까

잎삭 떨군 겨울 까끔에만 오면
나는 그저 ᄉ만이가 생각나더란 말입니다
본풀이 맹감이 청미래 맹감하고 먼 상관 있을랍디요만
눈비 마다않고 가시나무 붉게 달린
눈 부릅뜬 명관冥官의 현현 같아서라

골마다 혈마다 해골 굴러다니는디
어디 제주와 여순과 분단의 철책 뿐일랍디까
바람 찬 까끔마다 선홍빛으로 서리서리 달려 있는 것
참말로 이 땅 뿌려진 핏빛 상속받은 때문이것지라
ᄉ만 되어 해끝 본풀이 하시는 가시덤불의 맹감 말이외다

53

화전을 부치며

제화 좋소 좀도 좋을시고야
일몰의 끝자락 해는 어디로 지는 것일까
아마도 서해 어딘가 멈춰선 부상扶桑의 함지咸池
낯선 어느 무인도로 지는 것일 게다
그러지 않고서야 저녁놀 저리 고울 수 없다

제화 좋소 좀도 좋을시고야
해 따라간 바람은 끝도 없이 흐르는 것일까
아마도 새떼들처럼 내려앉은 어떤 섬
차마 두고 떠나지 못해 멈춰 서는 것일 게다
그러지 않고서야 아득히 먼 이곳까지
잔바람 아직 남아있을 리 없다

제화 좋소 좀도 좋을시고야
섬으로 내려앉은 해 하룻밤을 유숙타가
아마도 바다를 잇는 동굴로 돌아가는 것일 게다
아침마다 동편 양곡陽谷으로 다시 올라와
진달래 저리 붉게 물들여 놓으신 것 봐

일몰까지 품고 나오신 적제赤帝의 풍경

제화 좋소 좀도 좋을시고야
그리움 사무쳐 멈춰 선 무인도
끝자락 갈 곳 모를 바람 한 점 담아와
쌀가루 풀어 진달래 화전을 부친다
봄 담아 오방五方의 꽃잎으로 오시었나
갑자甲子의 풍경, 나는 비로소 해를 품는다

*함지咸池 : 해가 진다고 하는 서쪽의 큰 연못

안단테

전북 망성에서
충남 강경을 넘으며
아바의 안단테를 듣는다
안단테 안단테 안단테
그냥 이 느낌 자라게 해줘

흩뿌리는 양털구름 보니 알겠다
미명의 풍경에 접신된 몸
비로소 날아오른 창공
밤새 분리해두었던 혼과 백
점이공간에 담아 합일하는 새벽

무엇이 급해 달려왔을까
무엇이 갈급해 서둘렀을까
장닭 홰치는 소리듣고야
구름 밀쳐내는
공간의 경계 시간의 위계

산과 강이 다를까
생과 사라고 다를까
저녁이면 넋당삭에 담겼다가
새벽에야 이승으로 나들이온다
천천히 새벽을 노래하자
Andante, Andante
Just let the feeling grow

영산강

영산강 굽이굽이 돛 올려라 유랑가자
추월산 용소 지나 무진벌 바라보니
면앙정 소쇄원 바람 어디서 불어오나
병풍산 옹위하고 구부 구부 휘돌아서
구진포 성근 갈대들 휘돌아 가는 길
사공아 닻내려라 여기 잠깐 쉬어 가자
오래된 옹관머리 탁주 한잔 들고 가자

극락강 신창동의 영암월출 산자락에
물빛 받아 흔들리는 저 가얏고 소리
황혼녘 영산강가 삽을 씻던 아버지
나주영산 나루터에 홍어 묻던 어머니
상대포 백의암을 휘돌아 가는 길
사공아 닻내려라 여기 잠깐 쉬어가자
꿈길로만 오시던 님 탁주 한잔 들고 가자

공줏대 갈대 무성한 꿈여울 늪을 지나
숭어 뛰던 곡강머리 아 빛나는 황혼 물빛들

황톳빛 일렁이며 일어서는 영산강
파군교 째보선창 장어잡던 벗님들
무명적삼 흩날리며 휘돌아 가는 길
사공아 닻내려라 여기 잠깐 쉬어가자
영산머리 갱번가에 탁주 한잔 들고 가자

서울간 누님편지 끊긴지 오래 지나
낙지파던 영산개펄 아 눈부시던 저녁햇살들
바람은 동남에서 서편으로 흐르는데
월남가신 큰형님이 유골되어 오시던 날
삼학도 황포돛배 휘돌아 가는 길
사공아 닻내려라 여기 잠깐 쉬어가자
오만번뇌 영산에 씻고 탁주 한잔 들고 가자

마당밟이

그 누구 있어 남대궐문 열고 파루罷漏 쳤나
뉘산네 장닭 있어 계명산천鷄鳴山川 열었나
경자년 이월 초하루 남으로 낸 창문 여니
아침 해 빼꼼한 북봉北峰이 마치 불두덩이다

미명 틈타 댓살 대문 열어놓으셨구나
양곡陽谷의 부상扶桑 가지
북명北溟의 바다 스며드셨던 그대
설날 지나 대보름토록 울리시던 꽹과리

28수 징 북소리 성문 닫히던 시간
나는 그저 쫑그리고 조바심 내며
서설 없음만 원망하였던 것 아닌가
쥔쥔 문여소 쥔쥔 문여소
보지란한 걸궁패 벌써 문굿을 시작한다

서른 세 번의 울림들 앞세우고 오신
치마 뒤집어쓴 함지咸池의 심청

도둑처럼 오신다던 나사렛사람

나 또한 발 벗은 채 마당에 나가 맞는다

주작朱雀 향해 일 년을 여시는 거듭남의 북소리

콩대를 태우며

따닥따닥 타들어간다.
고저장단 그윽하니 계면조의 선율이다
눈 내리지 않던 지난겨울 때문일 것이다
아버지 헛기침하시던 불규칙 리듬

때때로 밑둥거리 타다가 튀어 오르는 리듬
대삼소삼 장단들이 앞서거니 뒤서거니 한다
필시 뒤늦은 여름장마 때문일 것이다
어머니 정재서 딸그락 거리시던 소리

봄 가뭄 여름장마 한 몸에 겪고도
반성 한 되 콩알 만들어낸 것이 가상하다
콩알 모여 간장 되고 된장 되고 고추장 된다
껍질은 모여 외양간 쇠죽솥으로 간다

마지막 남은 콩대 모아 태운다
니람에 콩재 섞고 무명베 풀어 쪽물 들였더니
쪽빛보다 그윽한 남빛 가을이 내려왔다
한 몸 불살라 만드신 그윽함 때문일 것이다

달래무침

달래향 그리워 고향으로 간다
후두둑 처마 빗소리 그리워 고향으로 간다
간장에 참지름 한 방울 조물조물 무쳐낸다
쌉싸름하고 매콤한 봄 입안 가득하다
고추 먹고 맴맴 달래 먹고 맴맴

상서로운 첫 비 따라 고향으로 간다
해무 가득한 풍경 그리워 고향으로 간다
다래 스무 개 쑥 한 자래 여전한 동굴 이르러
나는 다시 삼칠일을 지낸다
고추 먹고 맴맴 달래 먹고 맴맴

내 전생 곰이었나 호랑이었나
삐비 올라오는 언덕 해무 가득한 풍경
다래무침 코끗 찡한 아! 어머니
눈 지긋 감고서야 나는 사람이 된다
고추 먹고 맴맴 달래 먹고 맴맴

관채형 집에 들르다

마한의 고분 즐비한 들녘을 지나
나주영산 관채형 집에 들렀다
계란 부치고 단감 깎아 안주 마련하고
막걸리 꺼내 흔들어 보았다
드들드들 드들강
이거 강돌 구르는 소리 아니냐

제방 무너져싸 불가피 묻혔다던 드들강 처녀
예까지 따라왔을까
희부연 들판 내 옷 끝 잡아 따라온 바람
대나무 정랑 앞 잠시 내려두고
우리는 주거니 받거니 잔을 돌린다
낮술에 취했나
쪽빛의 굽이굽이 옛이야기 비집고 나오다
물결이 되는 너른 들판

청초 우거진 골 서북까지 이른 임제
구진포 물결 담은 술

황진이전 따라두고도
잔 잡아 권할 이 없음을 설워하였다더라
아서라, 물길 끊겨 갈대들 무성하다고
우리 잔 권할 이 없으랴
영산의 바람색 구진포의 하늘색 그윽이 스민
붉고 푸른 고대로부터의 이야기들

극락과 황룡, 지석의 세 물결 모으시고
면앙정, 식영정, 소쇄원 돌아 흐른 지 오래라도
관채형은 그저 쪽 담아 영산을 풀고
니람泥藍 이겨 남도를 엮어내신다
분방奔放한 임제라만 낮술 권하겠는가
청초의 하늘빛 담은 쪽물 아래
나도 내내 영산강을 마신다

안개비

종일 내려도 소리 없어
황토 속심 적시는 줄 몰랐다

지난 세월 뒤덮어도 소리 없어
낙엽 땅 적시는 줄 몰랐다

우주 공명이 너무 넓어 그러했던가
내 엷은 늑막에 기척 없이 내려앉으신

분간 모를 고집멸도
새삼스레 화들짝 놀라는
소리 없으시온 계면조의 풍경들

춤을 추자 카나리아 다 마타

날개 펴 도포자락 만드는 것
떠 오는 해에 대한 경배다
깃넓은 자락 파르르 떨림 보니 알겠다
어제 죽었던 해 밤새 품에 안아
아, 어머니 뜬 눈으로 지새셨구나

양손 치켜들어 꽃봉오리사위 만드는 것
방울 굴리듯 내 노래 하는 까닭
오금 조금 더 낮은 한배 따라 발디딤 하고
바람의 출처 향해 외편 우편으로 회전하는 것
모두 어머니께 물려받은 가락들이다

춤을 추자 카나리아 다 마타
어머니가 그립느냐 모로코 카나리아군도 해변의 바람
나도 그립구나 밤을 지샌 자미원 칠성의 바다
줄탁동시, 도포 끝자락 서로 맞잡고
오금 더 낮게 떨리는 가슴, 이 해를 맞자
밤 지새 아침 낳으신 우리들의 어머니를 위해

---

*카나리아 : 되새과에 속하는 새. 양 날개를 펴고 갈 듯 말 듯 걷는 모양새가 마치 진도북춤의 갈동말동 스텝을 닮았다.

막걸리 따르는 법

내 안마당까지 내려와 사뿐
일곱 줄기 팽나무에 걸리시온 달
한 사리 돌아 예 이르셨으니
내리신 그 뜻을 묵상하나이다.

캄캄한 정재에서 아부지는
엄지손매듭 사발에 넣어 쫄쫄쫄
동우 막걸리를 따르시었지요.
첫 매듭 오르면 한 사발이라 이내 벌컥벌컥
소리에 놀란 어둠들이
부르르 칠흑의 샛문 열어
어머니 궁문을 열었더이다.

보름사리 거듭해 천이백 번이요
칠지수七枝樹 바람 만 이천 번이라.
아부지 민머리 내게 내리시고
어머니 귀밑머리 내게 내리신지 이태뿐인데
홀연히 일월궁 오르시어

두꺼비와 삼족오가 되셨당가요.

늦은 나이 나 또한 아내를 만나
가지 걸린 달 엄지매듭 지극히 넣어
쫄쫄쫄 막걸리를 따르옵니다.
자미원에서 오신게지요.
나무남산 공심에게서 오신게지요.
대를 이어 막걸리 따르시올.

사릿살 저리 둥근 사발로 내리셨으니
흰쟁반 천도복숭 검은쟁반 혼넋 담고
칠지수 걸린 만월에 엄지매듭 담가 따르옵니다.
칠흑 어둠 퍼뜩 놀라 샛문 열 듯
새 궁문 열어 오르시올
만월의 달빛

---

* 공심 : 한국의 무조로 불리는 신격. 곡성 옥과에 공심을 모시는 당堂이 있다.

비로서

밤낮없이 내린 비
내다 둔 작은 화분들
뒤얀의 풋것 전하는 말들
온몸 벗고 숨구멍 열어
비로서 한치나 자랐음을

동남으로 낸 창문 너머
물외 토마토 수박들
다투어 지줏대 올랐다
천지양육이 어찌 이들 뿐이랴
그 사이 내 키는
또 얼마나 자랐을꼬

밤새 껍질벗고 숨구멍 열어
부끄러움 저만치 내다 건 것은
밤새 달그락거리신 비님
천지 충만한 울림 받기 위한 것
어찌 홰치는 닭없이 아침이 오며

줄탁동시 없이 병아리 나오겠는가

이제야 알겠다
지난밤 지붕 두드리던 늦봄비
자꾸만 문열고 들어오던 바람
실오라기도 없이 숨구멍 열어
그렇게 그윽하게 온 몸 열어
비로서 합일하던 소리였음을

옥잠화

지난 밤 누가 피리를 불었나
하늘 공주들 다녀가셨나
마당귀퉁이 순백의 비녀로 떨어져
가을 재촉하는 옥잠화

무엇이 그리 수줍으셨을까
잎 적신 물방울들 보니 알겠다
밤새 알몸으로 노래하고 가을 청하다
목욕물도 채 못 닦고 하늘 오르셨구나

어떤 마을 나무꾼은 선녀 옷을 훔치고
흑산도와 홍도 총각은 밤새 피리를 불었다더라
지난여름 나 또한 부단히 피리 불었더라면
순백의 치마저고리 겹꽃잎까지 남겨두셨을까
덧없는 귀뚜라미 소리
옥잠화 큰 잎 위를 서성인다

---

*옥잠화 전설 : 피리 부는 사람을 사모해 내려왔던 선녀가 놓고 간 비녀

3부
어느 숲의 목청 높던 노래들

꼬까비

달 밝은 어떤 밤 슬피 울던 자규子規야
얇디얇은 홑잎들 창꽃 보니 알겠다.
일지춘심 밤을 새워 잎마다 물들인 뜻
토한 피 얼마길래 연분홍이 되었더냐
위 증즐가 대평성대

별령 앉혀 홍수 다스리게 했더니
두우의 아내마저 차지하고 말았다더라
접동접동 소쩍꾹 죽은 망제왕 기려 우니
다정도 병인양 하여서였나 겨우내 잠 못 들었구나
위 증즐가 대평성대

두견총 진달래 꽃무덤으로 오니라
처녀총각 귀신들에게 꽃바치는 꼬까비杜鵑塚 무리들
우리가 고작 해코지 때문에 까끔에 오르겠느냐
자청비도 너를 맞아 시름을 잊었다는데
위 증즐가 대평성대

날러는 어찌 살라 하고 바리고 가시었더냐
약산 진달래 꽃으로 가시난 듯 다시 오셨구나
속살 비추는 홑잎들 창꽃 개창꽃 보니 알겠다
처녀총각들 다투어 올라 쌓는 춘몽春夢
위 증즐가 대평성대

매미의 사랑

우리는 키 높은 팽나무에서 만났다
주작 한 쌍 날아들어 회용돌이 치던 계절
날개 넓게 펼쳐 붉은 봉황 되었다가
구만장천 곤鯤의 검은 바다 만파萬派로 혼융했나
삼족오 되어 날아갔나
그 무성하던 노래 어디로 스며들었을까

우리들의 사랑 짧다고 누가 말하는가
손가락셈 해보니 갱물 밀고 당기기를 스물아홉 번
지구별 도는 달 이지러졌다 살아나기를 두 번
고목 살갗에 붙어 나눈 사랑 그러나 영겁의 시간이다
하루살이는 하루요 베짱이도 한 철인 것을

지난여름 우리 벗어던진 허물의 잔흔
연리목 어느 자락 떨어져 파뿌리 되었을까
지상의 뱀들도 허물 벗어 진토의 두께 더하였다
우리 외에 지구별 어떤 영물들 있어
달과 함께 죽었다가 다시 태어나는 것일까
온전히 벗어던지지 않으면 거듭날 수 없는 것을

서방산 호랑이 일등바위 올라 포효하니 해가 기운다
심연의 파도 치올린 바람 수없이 돌고 돈 시간
시절 역병의 기세일지라도 그윽한 스며듦까지 해할 수 있겠나
눈비 지극히 덮고 낙엽 아래 긴 잠을 청한다
칠년 후 한 달의 평생, 팽나무에서 다시 만나기 위해
주작 날아들어 회용돌이 칠 불같은 사랑

동백

너 어쩌자고 꽃술 하나 시들지도 않은 채
송이송이 통째로 떨어지느냐
순백의 한겨울 무슨 곡절 그리 깊어
꽃갈비 마디마디 붉은 멍들 우그린 채로

왕의 명을 받을 수 없어 스스로 자결하고선
동생은 동백나무 되고 그 아들들 동박새 되었다지
육지간 남편 무슨 일로 늦게 돌아와선
동백으로 변한 아내 찾는 동박새 되었다지

비로소 이름 불러주어야 꽃이 된다 하더라만
동박새 꿀물 날라다주어야 피는 동백꽃만 하겠느냐
겨울마다 계절마다 순백의 풍경으로 스며들어
세상 모든 가슴애피 감아 안는 설백雪柏만 하겠느냐

계절 가면 간단없던 북풍한설 지나가고
세월 가면 생채기 난 나이테도 아물어지는데
당산 앞서 조산숲으로 서고 갯골 아래 우실로 서서

바람 눈비 맞서고 물결마저 헤쳐 왔는데

너 어쩌자고 꽃술 하나 시들지 않은 채
야속하단 한 마디 없이 떨어지느냐
사철 푸른 잎가지 가없는 백설 풍경으로 두고
미련 없다 댕강댕강 떨어지느냐

연리목 사랑

온전히 몸 섞어 하나 되었다.
딛고 선 발끝에서 치어올린 머리끝까지
흙 시작하는 근원으로부터 하늘 닿는 끝자락까지
그렇게 몸 섞어 하나 되었다

무안강 굽이쳐 탄도만 들던 바람 황량하더라
한해륙 피바람 회용돌이 치던 인조반정의 날들
천륜 팽개치고 칼부림하던 패기는 어디서 왔던 것일까
죽이고 죽임 당하던 조정의 칼날 피해
바람처럼 구름처럼 우리 예 이르지 않았더냐

보리씨 뿌려 새싹 나던 늦가을었지 아마
조금나루까지 마중 나오실 사도세자의 넋 예비했을까
유한한 우리 목숨 얼마나 한탄했던지
아, 우리는 어찌하여
단 오십의 이승도 채우지 못 했던가

만월의 두꺼비들 탄도갯가 물비늘로 쏟아져

깨알같이 이글거리던 밤
황토밭 지나 진흙투성이 고우디 고우신 맨발 그대로
너와 나, 소나무 갯마을 한 칸 초가에 들었구나
내 목 잘라 수백 번을 주어도
아프지 않을 사랑

맨발에서 정수리까지
맨살 영혼 뒤섞어 하나 되고 싶었던 우리
느릅나무와 팽나무에 지친 몸 기대고서야
비로소 우리는 복희와 여와가 되었구나
다시 천년의 잠을 청하자 내 사랑
우리 육신 고목되어 진토 되는 날까지

---

* 무안 탄도만 당숲. 사도세자가 뒤주에서 죽지 않고 서해를 따라 내려왔다는
전설이 전해진다. 건너편 동암마을에 사도세자를 모신 당이 있다.

땅 속의 봄

죽순 올라 수십 척
한꺼번에 자라는 것은
때맞은 봄 기다려 칠년
땅속에 웅거하기 때문이다
태양의 새 삼족오 새벽마다
오동나무 깃드는 것은
백년마다 열리는
대 죽실竹實을 따기 위함이다
장닭 홰치고서야 미명을 뚫을 해
오늘은 어느 하백河伯의 딸 유화柳花
뱃살을 쪼이려는가
이백팔십 날 웅혼한 꿈
어미 뱃속에 모셨다가
붉은 벼슬 이고 광명으로 오실
용전龍戰의 전야前夜
지금은 다만 천지 고요한데
땅 위에 내린 서리 겹겹
얼음조차 이미 두꺼워졌다

죽실 물고 날아간 졸탁啐啄의 새
가임의 모죽母竹 이승을 떠날 때인가
스며든 삼족오 날개짓을 시작한다
죽순 올라 수십 척
한꺼번에 자라는 것은
이른 봄 천기天氣 맞은 이슬이
마중하기 때문이다.

---

*왕대 뿌리는 땅 속에서 칠년을 기다렸다가 죽순을 틔워 올린다. 백여년 만에
죽실을 틔운 대나무는 이윽고 그 수명을 다한다. 하백의 딸 유화는 창틀 사이
비추는 햇살을 배에 쬐이고 해의 아들을 잉태하였다. 용전우야 기혈현황龍戰于
野 其血玄黃, 역경의 해석, 지금은 다만 항룡 곤룡이 검은 피와 황색피를 뿌려 들
판에서 싸울 뿐이다. 이전 것은 가고 새것이 온다.

낙엽 아래서

홀로 있을 때를 삼갔는지
더 이상 숨길 곳 없다
사월 어느 날 어린 싹들 무성한 숲 덮고
여름 꽃들 물 올려 봉오리 만들 때
어느 군자들 틈바구니 끼어 어정거렸더구나

때때로 폭우 안고 바람 부대꼈지
잔가지 몇 개 부러지면 호들갑 떨고
못다 핀 꽃들 떨어진 무덤 회칠하지 않았느냐
베짱이처럼 저자에 나와 노래했더구나
밤이면 등불 찾아 날고 낮이면 씨실날실 꿰어
시대를 엮어내기라도 했더냐

무서리 재촉하는 가을비 흠뻑 내린 날
어느 숲에 숨어들었느냐 목청 높던 노래들
실오라기조차 걸치지 않은 알몸 되었구나
생전에 어머니 당부하시지 않더냐
자기중심 낮추고 홀로 있을 때 삼가라고

무성한 나무숲 숨겨두었던 꿈들
바람 지나는 길목 힐끗힐끗 훔쳐보던 욕망들
낙엽 밟고 하늘 우러르니 더 이상 숨길 곳 없다
근신勤愼 없는 종사螽斯가 무슨 소용이겠느냐
잎삭 털어낸 팽나무 한그루 구릿빛 알몸으로 서 있다

---

* **종사螽斯** : 메뚜기, 베짱이, 여치를 통틀어 이르는 말. 여치가 한 번에 99개의
알을 낳는데서 부부가 화합하여 자손이 번창함을 비유적으로 이른다.

진도홍주 따르는 법

우리 동네 두바는 폭탄주를 잘 탄다
한컵에 맥주를 살짝 모지라게 따르고
그 우게다 홍주를 진득하게 따른다
섞이지 않은 두 술이 경계를 이루니
어떤 이들은 일출주라 한다

우리동네 시바는 폭탄주를 잘 탄다
맥주를 거품 안나게 쪼르르 따르고
그 우게다 홍주를 떡고물 앉히듯 얹는다
두 술의 경계가 차츰 합해지니
어떤 이들은 일몰주라 한다

우리 동네 니바는 폭탄주를 잘 탄다
맥주 청주 맑은술 있는 듯 없는 듯 따르고
그 우게다 진도홍주 곱게 따른다
이윽고 밤이 되니 경계 없는 합환주가 된다
본디 두개의 술이었던 것인가
시바에서 브라흐마까지

삶과 죽음의 경계가 사라진다

---

* 진도지역에서는 둘째 아들을 두바, 셋째 아들을 시바, 넷째아들을 니바라 하고 순서대로 오바 육바 칠바 팔바 등으로 호명하는데 범칭 '바'를 상고할 때마다 나는 힌두교의 시바신과 불교의 건달바乾達婆를 떠올리곤 한다.

꼭두닭

태초에 천지가 혼돈이었다는데요
하늘에서 청이슬 내리고 땅에서 흑이슬 솟아나
음양 상통 합수되어 만물이 생겨났드랍니다
천황닭 목을 들고 지황닭 날개를 치니
인황닭 꼬리쳐 울어 갑을동방 먼동이 터온 게지요

그뿐이것습니까. 궤짝에서 태어난 알지 말입니다
구름 속 황금상자 자색구름 타고 내려오는디
아, 순백의 닭이 나무 밑에서 울고 있지 않았겠습니까
호공이 아뢰니 왕이 친히 나가 상자를 열었는디
떡두꺼비 같은 아이가 울고 있어 알지라 불렀다지요

온 세상 물에 잠기게 되었을 적 계봉 꼭대기
딱 닭 한 마리 앉을 자리 남아있었기에 닭제산 아닙니까
닭벼슬 관모 자라 주작되고 봉황되었는디
어디 삼족오가 따로 있고 백제금동향로가 따로 있겠습니까
사우 자시라고 장모님 잡는 닭이 주작이고 삼족오인게지요

경주 천마총 수십 개의 계란이랑 닭뼈도 말입니다
상여 지붕 앉아 망자 인도하든 인로닭들이
닭베개, 나무닭 되어 무덤 안으로 스며들지 않았겠습니까
꼬끼오 울어 길 헤매지 않게 망자 머리맡에 앉아있는 게지요

닭아 닭아 우지마라 반야진관 몽상군 아니로다
네가 울면 날이 새고 날이 새면 내 죽는다
청이는 인당수 내려가던 날, 이라고 노래했습니다만
닭제산 정기 받은 닭 울었으니
도로 연꽃으로 부활하지 않았겠습니까

오만 표정 몸짓하는 꼭두를 볼 때마다
상여에 올라 부활하는 꼭두새벽을 생각합니다
태백산 신단수에 여셨던 신시를 생각합니다
억만겁 죽음 돌아 재생하고 거듭나는
망자들의 일어섬을 생각합니다
꼭두는 지금도 다시 태어나는 중입니다

봄날

마흔 번의 봄날이 다녀갔다
구두통 들고 꼬그라져 죽었던 구두닦이의 피도
나팔바지 멋지던 넝마주이의 두개골도
남도 땅 어느 억새 아래 진토 되었을 시간이다

누군가의 아빠, 누군가의 아들
누군가의 누이, 아! 누군가의 사랑
이승을 뜨지 못한 그 아무개들이
강산마저 무시로 변한 무대로 현현하신 모양이다

두드리는 북소리 향하는 곳 어디인가
마디마디 집채 잡아 흔드는 심원의 리듬 어드메 이르는가
격조 높은 선율들이 조우해낸 무대의 여기저기
참지 못한 울음들이 백색 무희의 옷자락을 흔들어댔다

그들은 왜 거기 남았을까
양말도 갈아 신지 못한 채, 팬티도 갈아입지 못한 채
이름도 빛도 없던 아무개들 왜 거기 남았을까

빗발쳐오는 총탄 오로지 제 가슴으로만 담아내며
도대체 그들은 왜 거기 남았을까

마흔 번의 봄날 다녀갔으니 이제 불혹이다
무엇을 미혹하지 말며 무엇에 미혹되지 아니한가
강산뿐이겠는가 사람 또한 무시로 변한 시간이다
아! 누군가의 사랑이었던 그대 답하시는가
무심한 바람만 무진포 넘어 영산 들머리 이르는데
웅숭깊은 제의의 선율 때문일까
저기 마흔 한 번의 봄이 오고 있다

* **봄날** : 2020년 전남도립국악단 정기연주 오라토리오 집체극

명발당에서

혹여 다산이 와 계실까 싶어
도암 명발당明發堂에 들렀다
자원방래自遠方來하던 옛 벗 기척 없고
겨울 초입의 눈발만 고택을 서성인다

이백 몇 십 성상 어찌 지나갔는지
아우구스티노 약종, 세 번 내리친 칼날에야
비로소 목을 떨어뜨렸단 소식을
이 마루에 앉아 듣지 않았는가

강퍅한 세상 탓해본들 무엇하겠는가
그저 서슬 퍼렇던 눈빛 기억해주기만을 바랄뿐
약용의 외동딸, 이 그늘에 들인 까닭도
시절 밝히는 정신들 함께하려 함이었지

툇마루 나오다 기척 있어 돌아보니
대밭 스치는 눈발들만 우수수 나를 속인다
인걸은 간 데 없고 시절마저 수상한데

수백성상 어찌 돌아
그 뉘와 고담준론 나눈단 말인가

---

*명발당에서 오랫동안 유숙하던 벗 윤정현(시인)이 뜬금없이 세상을 떴다. 새
삼 돌이켜 나의 벗 정현에게 이 노래를 바친다.

증심사證心寺에 올라

새로 지었으니 더 대웅大雄하리다만
오백전五百殿 옛 풍경만 하겠는가
미완의 혁명가 조광조는 이 언저리를 지나
화순 능주 땅에서 사약을 받았지
후세 사람들이 수군대는 그의 급진 개혁드라이브
어찌 노련한 훈구세력의 반발에만 맞춰져 있을까
시방의 정세 견주어 살피라는 뜻 아니겠는가
고려의 김극기도 이곳 올라 노래 불렀기에
참으로 난새나 봉황 같은 인물이 되었을까
복사꽃 졌으나 길판 들꽃들 여전히 붉고
취백루翠栢樓 뜰 앞 잣나무들 시나브로 푸르다
선인들 지혜 한 조각만 차운하여도
이리 맑아지는 증심證心
필시 무등無等이 증거 하기 때문이리라

예찬倪瓚의 족자를 걸며

고색찬연

문인화와 실경 넘나드니

안팎이 한 몸이다

그윽함만 오로지 취한다 해도

초라하고 좁은 방 걸기 송구하다

어쩌겠는가. 수일간의 여로

빨랫줄에 내다걸고

부러 창을 낸 남동의 빛

핑계 삼을 뿐이니

묵향 웅숭 흉내 내기도 어렵다

마파람은 묵죽의 고금

배접을 내왕하는데

땔나무꾼 나는 그저

비바람 오가는 것만을

물을 따름이다

─────────

*대구에 거주하시는 장혜완 선생님께서 족자를 보내주셨다. 몇 줄 감상으로
감사의 마음을 대신한다.
*예찬 : 중국 원대元代의 서화가.
*예찬의 고목죽석도 원문 : 一筆縱橫意到成 燒香弄翰了餘生 窗前竹樹依苔石
寒雨蕭蕭得晩晴

97

초록바위

곤지산 초록바위
한자리에 흘러 돋을새김 된
서학과 동학의 극진하신 피

하늘 찌푸러 석양 감추옵고
인파들 골목 쏟아져도
하늘 소리 들리지 않는가
보인다 동과 서
날것의 씨줄과 날줄
구름 뒤 숨은 들숨과 날숨

무망한 천변은
서학과 동학의 피
샛강 가득 퍼내고도
이르시는 말씀 한마디 없다
무심한 남부시장의 불빛들만
물웅덩이에 다투어 내린다

간데 없으시온 인걸이랴

불현듯 당도해버린 시국이랴

어즈버 필마로 돌아왔으나

어느 하늘을 붙들어

시대를 물으며

어느 베틀을 좇아

직조를 물을까

---

*초록바위 : 전주 천변 남부시장 건너편 바위동산, 동학군 대장들과 천주교 신자들이 처형당했다는 곳.

차씨를 심으며

경사진 뒤뜰에 차씨를 심었다
내명년 봄 즈음
돌자갈 뚫고 올라오는 새싹을 만날 것이다

고고한 차나무
차향 웅숭깊고 그윽한 까닭
척박한 땅, 눈바람 기꺼이 맞으며
가지 줄기 하늘 좇아 자라기 때문일 것이다

한 알의 씨앗 자라 높은 그늘 되려면
수십 번의 눈서리 맨몸으로 부딪쳐야 하는 것을
사람이라고 어찌 다르겠는가
돌 많고 자갈 많은 경사 둔덕에 나를 심는다

척박한 땅이라 원망 하겠는가
상속된 가난이라 두려움 없겠는가
높은 기개 좇아 가지줄기 내뻗을 수만 있다면
지체의 향기 지극하기만 하다면

아마도 나 없을 어느 훗날

이 찻잎 따다 작설 우리실 그대

돌 자갈 언덕 드리울 차나무 아래

차씨 심던 이 기억 안 해도 좋으리

그저 엄동설한 척박한 땅 마다치 마시고

풍상 겪고 역경 뚫을 차씨 뿌리시기를

가지 줄기 하늘 좇을 차나무 심으시기를

싸목싸목 두루두루 청초한 빛 내시기를

운주사 불사바위

불사바위에 앉아
천불 천탑의 비기를 바라보다
공사하던 칠석동의 인부들 간데없고
이리저리 갈 곳 몰라 서성이는 자손들
아마 천년쯤 지났을 것이다

일어나시라 해도 아랑곳없이
깊은 잠 깨어나지 않으시온데
오늘은 웬일이실까
잠자리 옆 새삼불 한 가지 예비해두셨다.

이제야 알겠다.
삼족오 나르는 시간 피해
자미원 일곱 성좌 화순의 땅 내리심을
두 눈 떴다고 어찌 다 보이겠는가
해동에 나르샤 그믐 바람이 되심을

세 이래 단식을 끝내고

비로소 새삼불 따 한 입 털어 넣는다

심연의 몸 깊이 비로소 들린다 끌망치 두드리는 소리

글로뮈 열리며 정수리 두들기는 마파람소리

천년 만에 와불 뒤척이시나 보다

---

* **새삼불**(쇠삼불, 소삼불) : 정금나무
* **글로뮈** : 글로뮈는 모세혈관이 수축할 때 세 동맥의 피가 모세혈관을 거치지 않고 바로 세 정맥으로 흘러갈 수 있도록 하는 미세한 우회혈관이다. 모세혈관마다 1개씩 붙어있다.

운흥의 가을

열다섯 살 초의를 뵈러 간 길
초입의 석장승에게 여쭈나
왕눈만 휘둥그레 말이 없으시다
강희 58년이니 1719년생 돌부부다

백제시절의 기상은 어디로 갔을까
골마다 절간이었던 운흥사의 풍성
나라의 쇠망과 함께 무너졌으리라
저리 붉은 단풍의 속살을 보면 안다
이 고요와 적막이 어디서 왔는지를

한 허리 돌아 불회사의 석장승을 알현하나
이들 부부도 고개를 내저으신다
한때 사람들이 극찬했던 장승들
운흥의 장승들이 예로 걸어오셨나

나라의 성망도 단풍 같을진대
한낱 사람의 성쇠가 다를 바 있을까

불회 계곡 향 내음 저리 깊은 것을 보니

비로소 알겠다. 단풍으로 오신 열다섯 초의

*운흥사 : 초의가 열다섯에 출가한 곳

거름포대기에 쓴 유서

내 어렸을 때 우리 동네 일등바우에서 이름 모를 누군가가 죽었지요. 흩어진 농약병 옆에 거름포대기 쪼가리가 있었는데요. 오래된 일이라 그 내용이 생각나지 않습니다만 삶의 마지막을 맞이하는 소회를 써두었던 것 같아요. 십년이 지나고 이십년이 지나고 삼십년이 지나고 그는 잊혀졌지요. 동네 삼촌이며 친구들도 하나둘 도회로 떠났는데 잊혀지는 것은 마찬가지였어요. 잊혀진 이들은 다 어디로 갔을까요. 반세기 넘어 까끔에 오르면 그들이 토해놓은 핏덩이들인지 붉은 진달래 지천이에요. 아름 따다 가시는 길에 뿌리려는 것이겠지요. 부활절 즈음하여 고향마을 진달래 한바구니 땄습니다. 한입에 털어 넣고 성찬의례를 합니다. 이 몸은 나의 살이니, 이천년 전 예수님께서도 거름포대기에 유서를 써두었던 것일까요. 그 윽한 진달래가 천상천하 온 우주를 덮었습니다.

4부
바다 끝에 들다

섬

거슬러 오르는 게 어디 연어뿐이랴
조금 무시 지나고 사릿발 물살 억세도
칼날 같은 바람 모가지 아래 비늘 세우고
갯물 거스른 섬들 웅성이며 오르네

곰할머니 동굴에서 쑥마늘 드시던 때였을까
애기 업은 어떤 처녀 소스라치며 외쳤지
저기 섬이 떠내려가네!
저기 섬이 떠내려가네!

외던 소리에 심약한 섬들 그 자리 서버렸는데
달 정기 받으시온 어떤 섬들 외쳤지
우리 어찌 서있기만 할 것인가
우리 어찌 흐르기만 할 것인가

만년 천년 물 한 가운데 있었어도
흐르는 바람 탓한 적 없고
역류하는 간만干滿의 물 원망한 적 없네

대저 갱물은 들고 나는 것이어니

거슬러 오르는 게 어디 연어뿐이랴
남녘 겨울바람 백설 되어 쏟아져 내린 갱변
옷깃 세운 물비늘 길베 삼아 가르며
새떼 같은 섬들 갱물 거슬러 오르네

윤슬

한참 자다가
잠이 깨었다

오래된 마당
감나무 밑둥
오줌을 깔긴다

할머니가 샛문
빼곰이 여시고는
빙호야!
삼태성이 어디만큼 있냐?

예 할머니
문바구 우에 있구마이라
할머니 눈만 꿈벅꿈벅하시다가
아이고 날이 언제 샐끄나와

까막섬 달 휘영청한디

성근 삼태성

물빛 가득 내려앉았다

그윽하게 빛나는 물비늘

---

*빙호 : 김병호(여수지역사회연구소 이사장)를 할머니가 부를 때 이름
* 윤슬 : 물비늘이란 뜻의 순 우리말
*문바구 : 여수반도에 있는 바위 이름

적금도 밥무덤

적금도 아랫당산에는 커다란 무덤이 하나 있습니다. 내 그
내력을 일러드릴 터이니 들어보실라요. 웃당산 아랫당산 당
제를 지내고서는 밥과 갖은 음식 백색 한지에 곱게 싸서 지
신님 용왕신님 자시라고 한해도 거르지 않고 넣어드렸더니,
아! 언제부턴가 무덤 안에 계신 양반이 차꼬 아이고 배부
르다 어이구 배부르구나 하시더랍니다. 간혹 마을사람들
에게 현몽하시는디 우리 후손들 발복하고 맘과 뜻 먹은 대
로다가 잘 이행하고 물괴기도 많이 잡고 어짜든지 순탄하
라고 복을 잔뜩 내려주시더랍니다. 적금도 아랫당산 커다
란 무덤 지신님 용왕신님 배불리 자시고 왼손 턱에 괴고
모로 누우셔 쑤욱 내민 복부인디, 지나는 사람들은 영문도
모르고 어뜬 입도조가 묻혔는가 묻곤 한답니다. 해마다 정
월보름 오면 마을사람들 물괴기 굽고 육고기 삶고 갖은 나
물반찬 무쳐서 큰절 세 번하고는 또 밥무덤에 결 고운 한지
따복하게 싸서 떠넣어 드리는디, 아! 이 무덤 점차 커져 당
산 되고 조산 되더니 어느 날엔가 적금도 섬이 되얐드랍니
다. 영험하신 지신님 용왕신님 배불리 드시기만 하면 산더
미만 한 배 두둘기심서 노시다가 또 다른 큰적금 작은적금

만드시다가 남해바다 새떼 같은 섬들을 만드셨답니다. 적금도 밥무덤은 지금도 달마다 해마다 쑥쑥 자라 천년고목 옴팍하게 감싸 안는 까끔섬이 된답니다.

갯벌

낮은 개웅 썰물 갱번에는
거대한 나무 한그루 자란다
바다 깊숙이 뿌리 두고
달을 향한 연모 키우다
사릿발 간조 때 이르러서야
잔가지들 생육한다
지상의 숲을 향해 만개하는

뭍의 수목들 잎 피고 꽃피고
가지 치던 계절
찬바람 불어 지상의 꽃들 열매 맺으면
포래, 감태, 모자분, 미역 오만 해조들
비로소 심해의 나무되어
잎 내고 꽃 피워 숲을 이룬다

계절 바꾸어 거꾸로 자라는
시어핀스키 피라미드 대칭성 기하학
지상과 해저의 나무들이 말해준다

나무와 나무가 바꾸어 서고
물과 불이 바꾸어 서는 계절
대대對待의 거대한 우주목 따라
비로소 남자와 여자가 바꾸어 선다

자운토방에서

구좌도 건너보이는 갯가에 서다
쪽빛 우주 경계 놓은 산허리 돌아
숨죽인 바람의 거처
사시四時의 한 마디를 내려놓다

최남最南의 자운紫雲
하늘과 바다 아울러
배색을 희게 하신 뜻은
손끝 닿기에 하늘 너무 높아서다

중추야中秋夜 만월 받아
영롱하신 자색玆色 자미궁
잔잔히 울리는 파도소리는
머나먼 남녘까지 내려오신
항아의 절구소리일까

사계의 경계 넘어
하늘 바다 돌아서는 길

달빛이 낳으신 은빛 비늘들
가슴 한가득 우주를 이루었다

*자운토방紫雲土房 : 소설가 곽의진이 살았던 진도 남쪽 바닷가의 생가

안개

저녁밥 짓는 연기
야트막한 산자락 오르고 나서야
아버지 소쟁기 짊어지고 돌아오셨다
알곡 처질거리 듬뿍 넣어 헛청 불 달구시면
외양간의 소가 먼저 알아채고 헛새김질을 해댔다

정재며 지스락이며 낮은 허공 그득한 쇠죽연기
땅거미 따라 내리던 아득한 연무煙霧의 나라
없는 살림 사십일감자로 점심을 때웠어도
아이들 낳아 기르고서야 알게 되었다
어머니 저녁 지으시고 아부지 쇠죽 쑤셔야
도화원 땅거미 비로소 내린다는 것을

아침이면 아버지 쟁기 꾸려 들 나가시고
저녁이면 어머니 조새 바구리 가득 굴 캐오셨다
소 띠긴담시로 깔망태는 저리 던져두고 놀다가
논밭 곡식 훔친 소 때문에 작신 혼났었다
아, 그래도 아침저녁 가득 메운 안개들

도연명이라면 뭐라 노래했을까

야트막한 겹겹 너머
저녁밥 연기 쇠죽솥 풀내 사라진지 오래인데
산 너머 그 누구 있어 계곡 안개 피워내시는지
미명부터 기침하시어 아침밥 지으시는 겐지
지난밤, 우리 끼니 걱정되어 어머니 다녀가셨나
여명의 계곡, 지게 바작 짊어지신 아버지
땅도 딛지 않고 걸어가신다

내 삶의 마지막 여행지

지력산 용둠벙 동백사의 수도승
천일기도를 완수하려던 999일째였다
한 아가씨 나타나 유혹하니 어찌하였을까
구백아흔아홉 날의 정진 따위 까맣게 잊어버리고
매혹에 엉켜 하룻밤을 유하고 말았다더라

천지신명 노하셨던지 수도승에게 벼락을 내렸다는데
머리는 날아가 불도가 되고 겉옷은 날아가 가사도가 되고
손가락은 날아가 손꾸락섬이 되고, 발가락은 날아가 발꾸
락섬이 되었다
바지는 날아가 하태도가 되고 저고리는 날아가 상태도가
되었다
유혹에 못이긴 마음 휑한 구멍 뚫려 혈도가 되었다

방구도, 돈도, 접우도, 가덕도, 외공도, 우이도
지력산 용둠방 자락 세방마을에서 바라보는 서해섬들은
수도승 몸 산산이 부서져 날아 앉아 만들었다
궁금하다 이 광포설화, 정진의 중단을 문제 삼은 것인가

새떼 같은 조도, 섬들의 기원을 말하고자 함인가

세상의 모든 해 받아 안는 낙조의 땅
어느새 솟대새들 무리지어 음陰의 정점 태궁으로 오르는
시간이다
애통할 필요 있겠는가, 그저 붉은 노을 실려 그윽하게 스며
들 수 있다면
언제였던가 아득한 꿈결 같은 구백아흔아홉째 날
오늘이 그날이다 매혹의 장엄 위에 몸 산산이 뿌릴.
나는 비로소 북새의 유혹받아 섬이 된다

유달산 목란 마을

목란 기생 바위 되어 건너편 명경바위 촛대 세우고
고운 얼굴 비추었나 천일기도를 했나
목란마을 봉우리에 가래바위 선 것을
송기숙이 먼저 알고 소설에 썼다
유달산 가래바위 해무자락 숨은 뜻
썰물에야 드러나는 핏줄 개옹은 안다

명경바위 어디 있을까
옥경대, 업경대, 명경대
저승 입구에 걸려있는 거울 이름들이다
금강산 일만이천봉 휘돌아 보니
십왕봉, 판관봉, 죄인봉, 지옥문, 극락문
배석대에 앉아 명관봉을 바라보고 죄를 고하였다더라

내금강 돌아 한해륙 끝자락 이르니
양을산, 태을곡, 유달산, 또한 명경의 뜻 있다
호남의 개골산, 영달산 일등바위에서 심판 받고
이등바위에서 명 기다리다 삼학도 학을 타고 저승에 이른다

목란마을 동학도들은 극락으로 갔을까
아직도 포구에서 기다리는 이들

미명의 남중천 유달산 목란마을
갯골 윗자락 어디쯤 다시 몰려들어
알콩달콩 아이들 자라 아들 낳고 손녀 낳고
낙지잡고 갯조개 캐며 살다가
선조들 따라 명경대에 선다더라
밀물이 되어야 비로소 저들은 극락으로 간다

---

*목란 : 송기숙의 소설 〈녹두장군〉에 나오는 마을

비양도의 여름

비 개인 비양도飛揚島를 걸었다
쪽빛 파도가 나를 따라 걸었다
더위 이기지 못해 하늘마저 뛰어내린 바다
수중 깊은 자갈 틈으로 구름들이 숨었다

누군가 술 부어 빌고 갔나
무심한 펄랑못 솟아오른 해초들에게 물어본다
정초 개의 날 제 올리는 술일당戌日堂 널브러진 빈병 하나
못 다 이른 소망의 말들과 비손의 흔적

비양도에 올라 소변보던 해녀 아니었으면
우주 어느 한 별까지 흘렀을까
역사 천년 서산瑞山 바다에서 솟았을까
한림의 앞바다까지 비양도가 흘러온 까닭 아는 이 드물다

한 숨 삭여 하늘빛 올려 보낸 오후
쉰다리 술 연거푸 심중에 따라 부은 까닭일 것이다
고려시대 시작하던 시절처럼 천년 만에 오줌이 마렵다

호니토 애기 업고 다시 흐르는 비등飛騰의 섬

*비양도 : 임신한 해녀가 내륙으로부터 흘러내려오는 비양도에 올라 오줌을 누었는데, 한림 앞바다에 서게 되었다는 전설이 내려온다. 우리나라 유일 염습지 멀랑못엔 정초 첫 개날에 제의를 하는 술일당이 있다.
*호니토負兒石(애기업개바위) : 제주 비양도 북쪽 해안의 파식대에 발달한 호니토. 2004년 천연기념물 제439호로 지정되었다.

가거도

중국 닭 우는 소리 새벽잠을 깨
네 활개 퍼덕거리며 든 바람
동백 숲에 와서야 옷들을 벗었다

꼬아내고 뒤틀린 가지들이 숨긴
날것 바람이 남긴 애무의 심연
산고의 통증이 비로소 잉태한 창출蒼朮 잎들
바다 끝 연민이 얼마나 깊었을까

저만치 대소의 여礖들
차마 부끄러워 망해 가운데 떨어져
아무 풀 나무조차 기르지 않는다
날것의 바람조차 품지 못한 비애
저들끼리 수군거린다

내 이제야 알겠다 옷 벗는 바람들
국굴새 뿔쇠오리 수근거림 못들은 채
나신裸身으로 비비꼬는 원시림의 동백 가지들

비로소 바다 끝에 들어
가거도를 낳았다

새벽 그믐달

미명의 동중천 높이곰 돋아샤
새로 올 아침 예비하더라

창문 열어 마주하는 풍경
지난밤 늦은 뒤척임이 무색하다

동편 하늘바다 홀로 노저어
적황赤黃의 아침을 물려주시는 이

무서리 모셔와 단풍옷 갈아입히고
시초로 전회轉回하는 초연함이여

아침

씨줄날줄 직조한 때깔
어디 북새노을 뿐이랴
얇은사 쪽물 들여 내다 걸었더니
어느새 하늘빛 내려앉는다

누군들 헤어짐이 섧지 않으랴만
옛사람 일러 회자정리 거자필반이라 하셨으니
어찌 석양의 회광반조만을 되뇔까
거듭나 살랑이는 배냇옷자락

흐르는 바람 올올이 잡아매고
검붉은 북새빛 결마다 스며드니
새벽닭 그리 홰친 까닭 결 고운 인연 때문일까
놀에 기댄 그윽하신 풍경
수의 벗어 일어서는 나사로의 시간

동짓달에

유수와 같더라
베어 낼 수만 있다면
동짓달의 한 허리

지난 봄 물오르던
언덕 한켠 붙여
새록새록 풀어낼 것을

섣달 다투어 앞서고
만조의 석양 깊은데
회향치 못한 제비인양
무심한 물길만 바라볼 뿐

해설

고전의 계승과 남도문화의 숨결

고전의 계승과 남도문화의 숨결

김선태_시인·목포대 교수

들어가며

이윤선은 민속학을 전공한 학자요, 판소리와 무가 등 남도
소리에 밝은 예인이다. 필자가 그를 처음 만난 것은 1999년 쯤
으로 기억된다. 진도를 보편적인 마음의 고향으로 생각하는
소설가 김훈과 진도의 신명에 홀려 서울에서 진도까지 천릿
길을 9년 동안 오르내린 사진작가 허용무가 『원형의 섬 진도』
(2001)를 쓰기 위한 현장 취재차 목포에 사는 필자를 찾아온
적이 있다. 그들은 이 일에 필자가 동행하기를 원하였으나 적
합지 않다고 판단하여 당시 진도문화원 사무국장으로 근무하
고 있던 이윤선을 불러 역할을 대신 부탁한 바 있다. 그때까지

만 해도 필자가 그를 직접 만난 적은 없었지만, 진도향토문화관 토요민속마당을 기획·연출한 사람이 그라는 사실을 소문을 통해 알고 있어 적임자라고 생각했기 때문이다. 그는 처음 만나는 자리임에도 불구하고 우리들 앞에서 자신의 출생 내력을 스스럼없이 털어놓았다. 필자는 그때 그가 나이답지 않게 한이 깊은 사람이라는 인상을 받았다.

그 후 그는 목포로 이주, 민속학을 공부하기 위해 필자가 재직하는 목포대학교 대학원 국문학과에 진학함으로써 다시 만나게 되었다. 박사학위를 받은 그는 목포대학교 도서문화연구원 연구교수 및 HK 교수로 재직하면서 국문학과 강의를 맡는 한편 시민운동에도 참여하여 목포문화연대 상임대표로 활동한 바 있다. 뜻이 맞지 않아 직장을 때려치운 이후로는 그간 축적한 전공에 대한 지식과 식견을 바탕으로 일간지에 다년간 칼럼을 연재하고 있으며, 최근엔 목포문학박람회 프로젝트에 필자와 함께 참여하면서 더욱 가까워졌다.

그랬던 그가 최근 목포문학상 남도작가상 소설 부문에 당선함으로써 문학에도 뜻이 있음을 드러냈다. 필자는 살아온 과정에 파란이 많고 남도문화에 두루 정통한 그가 가슴에 간직하고 있는 이야기를 소설로 풀어낸다면 더없이 좋겠다는 생각에 쌍수를 들어 환영하였다. 그러면서 앞으로 펼쳐 나갈 문학 활동에 대해 문단 선배로서 나름의 조언을 아끼지 않았다. 그런데 이번엔 그가 느닷없이 시집을 출간하겠다고 해설을 써

달라며 전화를 걸어 왔다. 참으로 뜻밖의 요청에 잠시 주저하였다. 등단이라는 요식도 거치지 않은 그가 소설집도 아닌 시집을 먼저 출간하겠다며 달려들었기 때문이다. 물론 이전에도 그는 술자리에서 가끔 요즘 습작하고 있는 시라며 불쑥 내밀곤 하였다. 그러면서 그는 자신이 시나 소설을 쓰는 이유나 목적이 문단이라는 제도권에서 벗어나 자유롭게 자신의 이야기를 기록하고 싶은 열망에 있음을 분명하게 밝혔다. 그제서야 필자는 그 뜻을 충분히 이해하고 이를 흔쾌히 수락하였다.

다들 알다시피, 시집 해설은 전문적인 평론이라기보다 사적인 내용이 많이 들어가는 글이다. 그래서 그 시인과 인간적으로 가까운 사람이 쓰는 경우가 대부분이다. 그런 측면에서 필자는 개인적으로 인간 이윤선이 지닌 매력에 푹 빠져 있는 사람 중의 하나다. 그 이유로는 첫째, 그는 아버지가 늘그막에 어렵사리 얻은 자식으로서, 생모 부재와 이복형제들 속에서 가난하고 어렵게 자라온 성장 과정을 지니고 있다. 이와 유사한 가족사를 지닌 필자는 태생적인 동병상련의 감정을 느낀다. 둘째, 그는 세속에 물들지 않은 초연한 선비적 풍모와 성정을 지니고 있다. 필자는 그가 전라도 촌놈으로서 소탈한 풍모와 인간적인 의리, 가난에도 불구하고 아니다 싶으면 직장도 과감하게 때려치우는 결단력 있는 성정의 소유자라는 점이 부럽다. 셋째, 그는 진도 출신으로서 성장 과정에서 남도의 원형적 삶을 직접 체험하고 그 문화를 몸으로 지니고 있는 사람이다. 특히, 판소리와 무가 등 남도소리에 제 개인적인 한의 그늘을 드리워 구성지게 풀어낼 줄 아는 소리꾼이다. 필자는 이따금 들려주는 그의 소리에 매혹되어 깊은 감동과 위안을 받곤 한다. 넷째, 남도문화의 계승·보존 차원에서 그 스스로 지닌 소중한 가치이다. 필자는 그가 첨단문명의 위세에 밀려 속절없이 사라져가는 남도의 원형적 삶을 증언하고 기록해야 할 어쩌면 마지막 사람이라는 사견을 갖고 있다.

아무튼 필자는 이러한 인간적인 장점과 매력 때문에 그를 가까이하고 좋아한다. 작품성 여부를 떠나 그의 처녀시집 해설을 기꺼이 쓰겠다고 나선 이유가 여기에 있다(그렇지 않다면 잡문을 쓰기 싫어하는 필자가 수락했을 리 없다). 그러면 지금껏 그가 살아온 생에 대한 반추와 세계관이 녹아 있는 처녀시집의 면모를 몇 가지로 나누어 들여다보기로 한다.

사부곡 혹은 가족사

이윤선의 이번 시집에는 창작 시기와 내용을 구분치 않은 총 63편의 시가 실려 있다. 그러나 군이 이를 둘로 나눈다면 앞부분은 주로 습작 초기에 쓴 시들, 뒷부분은 비교적 근자에 쓴 시들임을 알 수 있다. 시집 원고 일별 후 필자의 소감을 말한다면, 시의 틀에 구애되지 않고 자유롭게 썼을 것이라는 예상과는 달리 매우 기본기가 충실한 시들이 많았다는 점이다. 이는 그가 이미 오래전부터 시를 쓰기 위해 제 나름의 습작 훈련을 해왔다는 증거이다. 달리 말하면, 그가 애초부터 소설보다도 시를 쓰고 싶은 열망이 훨씬 강했다는 뜻이다. 이번에 소설집보다도 시집을 먼저 내겠다는 판단도 이런 차원에서 이해된다.

여러 가지 관심사 중에서도 맨 앞자리를 차지하는 것은 아버지를 중심으로 한 가족사이다. 가족사는 이윤선뿐만 아니라 시를 쓰고자 하는 대다수의 시인들이 가장 먼저 맞닥뜨리게 되는 공통 관심사이다. 가장 근원적인 기억에 해당하는 가족사를 털어놓지 않고서는 다른 이야기로 결코 넘어갈 수 없기 때문이다. 그만큼 가족사의 기억은 개인의 의식 저변에 뱀처럼 살아서 또아리를 틀고 있다. 그 기억은 대체로 충족(행복)보다는 결핍(불행) 쪽에 가깝다. 그런 의미에서 결핍은 무궁한 시적 자산이다. 그래서 어느 시인은 "행복은 누추하고 불행은 찬란하다"(장석주, 『행복은 누추하고 불행은 찬란하다』, 현암사, 2016)고 말한 바 있다. 다시 말하면 시인에게 있어 불행은 곧 행복이라는 뜻이다. 시는 불행의 산물이며, 그 불행을 극복하고자 하는 치유의 양식이다.

그렇다면 이윤선의 시에 드러난 아버지를 중심으로 한 가족사의 기억은 어느 쪽인가. 결론부터 이야기하면 일단 결핍 쪽에 가깝다. 앞에서도 잠시 밝힌 바대로, 그의 출생 내력과 성장 환경이 정상적이라기보다 기구하기 때문이다. 그러나 정작 그가 시 속에서 소환하는 아버지를 비롯한 어머니, 누이

등은 비록 가난하고 힘들었지만 애틋함과 그리움의 대상이라는 점에서 결핍이라고 단정하기 어렵다. 왜냐하면, 그 결핍은 가부장적인 아버지의 폭력이나 부모의 이혼, 가난으로 인한 가출과 방황 등 과거의 끔찍했던 기억과는 사뭇 다르기 때문이다.

땅거미 내리고서야 아부지
윗목 걸어둔 초꼬지에 불을 켜십니다
등잔 지름 애낄라고 손이 떨리면서도
늘쌍 내게 이르시는 말씀

아무 글자든 쓰거라

머슴살이 버신 돈으로
깽이 삼도추 돔배 사서 사래 긴 밭 일구실제
단지 송쿠죽 암만 떠 넣으셔도
그라고 배가 고프셨답니다
일자무식 우리 아부지
예순여섯 고부랑 나이에사
씨받이 내 어미 보셔 나를 낳으시곤
내 걸음걸이도 하기 전부터 성화셨답니다
달력이며 거름포대며 종이만 보면 주워 오셔

아무 글자든 쓰거라

꼼지락 손 내가
무슨 글을 쓰든 무슨 그림을 그리든
아부지가 아실 리가 있을랍디요
그저 망뫼산 꼭대기 성근 별들
우리집 마당으로 싸목싸목 내려앉았을 뿐이지요

-『아무 글자든 쓰거라』 부분

이번 시집의 첫 번째 놓인 이 시에는 화자인 '나'의 출생 관계와 가족사의 중심인 '아버지' 그리고 이 둘의 관계가 어떠했는지를 진솔하게 보여준다. 먼저, '아버지'는 '머슴', '일자무식'에서도 알 수 있듯이 신분이 낮은 사람이다. 게다가 '등잔 지름 애낄라고', '단지 송쿠죽 안만 떠 넣으셔도/그라고 배가 고'픈 가난한 사람이다. 그리고 '나'는 그런 아버지가 '예순여섯 고부랑 나이에사/씨받이 내 어미 보셔' 어렵사리 낳은 귀한 아들이다. 여기에서 우리는 이 둘의 관계가 어떠한지를 어렵지 않게 짐작할 수 있다. 다만, 한 가지 궁금한 것은 그런 가난하고 못난 아버지가 왜 굳이 늦은 나이에 씨받이까지 들여 아들을 낳으려 했을까이다. 그 이유는 아마 아들이어야만 집안의 대를 이을 수 있다는 당시의 풍습에서밖에 찾을 수 없을 듯하다.

따라서 아버지는 나를 세상에서 가장 소중하고 귀한 자식으로 여길 수밖에 없으며, 나 또한 비록 가난하고 못난 아버지지만 나를 이 세상에 존재하게 한 애틋하고도 소중한 존재로 여길 수밖에 없을 터이다. 그런 아버지가 평생토록 나에게 애달아하며 강조한 말은 '아무 글자든 쓰거라'이다. 이는 일자무식했던 아버지가 자식만큼은 자신처럼 살지 말기를 바라는 간절한 소망과 한이 서린 말이다. 그런 아버지의 뜻을 알기에 나는 어린 시절부터 '달력이며 거름포대'에 열심히 뭔가를 쓰고 그리며 오늘에 이른 것이다.

이 시를 통해 필자가 새삼 놀라는 점이 하나 있다. 그것은 다름 아니라 가족사의 비밀을 이야기하는 시적 화자인 '나'의 태도이다(시에서 화자는 가공의 인물이기에 시인 자신이라고 단정할 수는 없지만, 이윤선 시집의 경우엔 '나=시인'으로 봐도 무방하겠다). 흔히 가족사를 시로 쓸 때 자기와 무관한 것처럼 시치미를 떼거나 에두르기가 일쑤인데, 이윤선의 경우 그 태도나 말하는 방식이 매우 자연스럽고 거침이 없다는 점이 그것이다. 이는 그가 가족사를 결코 감추고 싶은 부끄러움이 아니라 당당하게 드러낼 수 있는 자신의 근원으로 여기고 있다는 증거이다. 참으로 용기 있는 태도가 아닐 수 없다(필자는 시를 쓰고자 하는 학생들에게 자신을 드러낼 수 있는 용기가 필요함을 강조한다. 그럴 수 없다면 시 쓰기를 포기하라고까지 한다).

이 시집 속에는 위의 시 외에도 아버지를 대상으로 쓴 시가 8편이나 실려 있다. 그만큼 아버지에 대한 그리움의 기억이 깊다. 그리고 어머니, 생모, 누님, 이모 등과 이웃 사람들에 관한 시편도 상당수에 이른다. 그럼에도 불구하고 앞에서도 지적한 바대로 이 가족사 관련 시편이 담고 있는 것은 최종적으로 결핍이다. 그 결핍은 상반된 양상을 보이는데, 하나는 기구한 출생과 가난으로 인한 결핍이고, 다른 하나는 그럼에도 불구하고 애틋한 그리움으로 남아 있는 가족 부재로 인한 결핍이다. 이 결핍이 그의 시를 낳은 출발점이고, 이 결핍을 채우고자 하는 것이 그의 삶의 목표요 종착일 터이다.

고전의 인유와 전통적 율격

이번 시집에서 가족사 다음으로 중요한 비중을 차지하고 있는 것은 고전의 차용 혹은 인유의 시편이다. 이에 대한 관심은 원래 학부에서 국악을 공부했던 이윤선이 대학원에 진학하여 고전민속을 전공하면서부터 비롯된 것으로 보인다. 시를 써보겠다는 욕망도 그때부터였을 것이다. 이들 시편은 의외로 기본기에 충실하다. 그러나 율격이나 말투 등이 고전시가의 그것을 충실하게 따르고 있는 것을 보면 현대시 작법을 전혀 공부한 적이 없음이 분명하다. 따라서 그의 시는 현재로선 어쩔 수 없이 예스런 한계를 지니고 있다고 할 수 있다.

먼저, 고전의 인유를 보자.

달 밝은 어떤 밤 슬피 울던 자규子規야

얇디얇은 홑잎들 창꽃 보니 알겠다

일지춘심 밤을 새워 잎마다 물들인 뜻

토한 피 얼마길래 연분홍이 되었더냐

위 증즐가 대평성대

별령 앉혀 홍수 다스리게 했더니

두우의 아내마저 차지하고 말았다더라

접동접동 소쩍꾹 죽은 망제왕 기려 우니

다정도 병인양 하여서였나 겨우내 잠 못 들었구나

위 증즐가 대평성대

두견충 진달래 꽃무덤으로 오너라

처녀총각 귀신들에게 꽃 바치는 꼬까비杜鵑塚 무리들

우리가 고작 해꼬지 때문에 까끔에 오르겠느냐

자청비도 너를 맞아 시름을 잊었다는데

위 증즐가 대평성대

날러는 어찌 살라 하고 바리고 가시었더냐

약산 진달래꽃으로 가시난 듯 다시 오셨구나

속살 비추는 홑잎들 창꽃 개창꽃 보니 알겠다

처녀총각들 다투어 올라 쌓는 춘몽春夢

위 증즐가 대평성대

– 「꼬까비」 전문

이 시는 '진달래 꽃무덤'을 뜻하는 말 '꼬까비杜鵑塚'를 노래하기 위해 관련 설화와 전설, 시가 등의 원전을 모두 끌어들이는 방식을 취하고 있다. 이는 고전 시작법의 '용사用事', 현대시 작법의 '인유引喩'에 해당한다. 원전의 의미를 비틀거나 풍자하지 않고 계승·유지한다는 점에서 포스트모더니즘의 모방 기법으로 말하면 '패러디parody'(풍자적 모방)가 아닌 '패스티쉬pastiche'(혼성적 모방)에 가깝다고 할 수 있다.

시 속에 나오는 '두견화', '창꽃'('참꽃'의 사투리)은 진달래꽃의 이명이며, '개창꽃'은 철쭉꽃을 가리킨다. '자규子規', '접동'새도 두견새(뻐꾸기과에 속함)의 이명이다. 다만 '소쩍'새는 올빼미과에 속하는 전혀 다른 새이다(오래전부터 우리나라 사람들은 이를 같은 새로 착각하고 있음). 이 밖에도 두견새의 이명으로 귀촉도歸蜀途, 망제혼望帝魂, 불여귀不如歸, 두우杜宇, 원조怨鳥, 제결鵜鴂 등이 있다.

인유한 원전을 들여다보면, 1연은 '자규'와 관련하여 고려시대 이조년의 시조 「다정가多情歌」와 조선시대 단종의 「자규시子規詩」를, 2연은 '망제왕'과 관련하여 중국 촉나라의 「망제설화」(혹은 「귀촉도 설화」)와 '접동접동'과 관련하여 우리나라 「접동새 설화」와 김소월의 현대시 「접동새」 그리고 이조년의 같은 시조 구절을, 3연은 제주도 서사무가 세경본풀이에 나오는 「자청비 설화」를, 4연은 고려가요 「가시리」와 김소월의 현대시 「진달래꽃」을, 그리고 매연마다 「가시리」의 후렴구 '위 증즐가 대평성대'를 반복하고 있다. 이들 원전의 공통된 주제는 한恨, 그것도 원한怨恨이다.

그렇다면 이윤선이 이들 원전을 다소 장황하게 인유한 문학적 이유나 목적은 어디에 있을까. 그것은 아마도 전통적 정서의 현대적 계승에 있을 것이다. 그는 그 계승의 맥락에 고향 진도의 산야에 널려 있는 '꼬까비' 즉 억울하게 자살한 처녀총각들의 무덤을 올려놓고 있는 것이다. "반세기 넘어 까끔에 오르면 그들이 토해놓은 핏덩이들인지 붉은 진달래 지천이에요."(「거름포대기에 쓴 유서」)라는 구절에서 보듯이, 1960년대 산업화 이후 피폐해진 농촌현실 때문에 농약을 먹고 자살한 이들의 무덤이 바로 '꼬까비'이기 때문이다. 그러나 이 시는 그들의 한을 반영하고 증언하는 것에 그치지 않는다. 극복이나 승화의 단계로 나아간다. '약산 진달래꽃으로 가시난 듯 다시 오셨구나'라는 구절이 억울하게 죽은 그들의 넋을 위한 진혼곡에 그치지 않고 재생이나 부활의 의미로 읽히는 이유가 그것이다.

다음으로, 전통적 율격이나 말투를 보자. 앞에서 인용한 「꼬까비」의 경우, 고전시가를 집중 인유해서인지 몰라도 각 연마다 반복 후렴구를 차용하고 있다. 고려가요 「가시리」의 후렴구 '위 증즐가 대평성대'가 그것이다. 후렴구는 각 연의 마지막에 반복되는 구절로서 흥을 돋우거나 음악성을 배가시키기 위한 장치이다. 고려가요 등 고전시가뿐만 아니라 요즘 유행가 가사에서도 종종 사용한다. 그러나 형식상 자유시를 추구하는 현대시에서는 좀처럼 사용하지 않는다. 현대사회나 현대인의 삶의 구조가 복잡다단할 뿐만 아니라 불규칙적이고 무질서하여 이를 담기엔 부적합하기 때문이다. 그래서 요즘엔 행과 연을 무시한 산문시나 형태 파괴적인 시들로 바뀌고 있는 추세이다. 각 연마다 예스런 서술어를 사용하고 있는 말투도 그렇다. 수미쌍관을 이루는 첫 연과 마지막 연에서 '~알겠다'라는 서술어를 사용하고 있는 것은 그렇다 치더라도, 각 연마다 '~되었더냐', '~말았다더라', '~들었구나', '~가시었더냐', '~오셨구나'와 같은 의고투를 사용하고 있는 것은(의도적인지는 모르지만) 현대성을 저해하는 요소에 속한다. 그리고 후렴구를 제외하고는 각 연마다 일정하게 4음보를 취하고 있는 것도 그렇다. 물론 4음보를 취하면 안 된다는 말이 아니다. 그러나 그것이 처음부터 끝까지 반복·지속된다면 현대시가 아니라 시조(그것도 현대시조가 아니라 고시조)를 읽고 있다는 느낌을 갖게 만든다. 다시 말하자면, 4연으로 이루어진 1편의 현대시가 아니라, 독립된 평시조 4수나 연작 형태의 평시조 1편으로 읽힐 가능성이 있다는 뜻이다.

①

제화 좋소 좀도 좋을시고야

일몰의 끝자락 해는 어디서 지는 것일까

아마도 서해 어딘가 멈춰선 부상扶桑의 함지咸池

낯선 어느 무인도 지는 것일 게다

그러지 않고서야 저녁놀 저리 고울 수 없다.

제화 좋소 좀도 좋을시고야

해 따라간 바람은 끝도 없이 흐르는 것일까

아마도 새 떼들처럼 내려앉은 어떤 섬

차마 두고 떠나지 못해 멈춰 서는 것일 게다

그러지 않고서야 아득히 먼 이곳까지

잔바람 아직 남아 있을 리 없다.

– 「화전을 부치며」1·2연

②

우리 벙어리 이모가 그러했답니다

깔크막 까끔에 갈쿠나무 할 때도 어버버

나락배늘 헐어내 홀테질 할 때도 어버버

미사여구 감언이설 왼갖 말들 두고도

평생 어버버 어버버

손짓발짓만 하셨더랍니다

하고 싶은 말들은 그냥 늦가을 낙엽 아래 묻어두셨던 게지요.

우리 어머니가 그러했더랍니다

깔 비고 소 띠끼고 쇠죽 쑤고 또 저녁 짓고

삶은 보리에 흰 쌀 한 주먹 보깨 얹어 밥 짓고

까지노물 무쳐 소반상 들여놓으시고도

본인은 정작 정재 부숭에 앉아

그저 응응응 흥그레소리만 흥얼거리셨더랍니다

하고 싶은 말들은 그저 흥그레타령 깊은 어디 숨겨놓으신 게지요.

-「벙어리 바람」1 · 2연

③

영산강 굽이굽이 돛 올려라 유랑 가자

추월산 용소 지나 무진벌 바라보니

면앙정 소쇄원 바람 어디서 불어오나

-「영산강」첫 부분

그렇다면 「꼬까비」처럼 여러 문학작품을 인유한 고전풍의
시가 아니라 현대적인 소재를 다룬 경우엔 어떨까. 결론부터
이야기하면 대동소이하다. 원래 4연이지만 편의상 2개의 연만

인용한 ①은 각 연의 첫 행을 고려가요의 후렴구나 남도민요의 시김새처럼 '제화 좋소 좀도 좋을시고야'라는 구절을 일정하게 반복하고 있다. 그뿐만 아니라 2행의 서술어가 '~것일까'와 4행의 '~일 게다'(3·4연은 약간 변형을 취함), 5행의 '~없다'로 끝나고 있다. ②의 경우도 ①과 마찬가지로 각 연의 첫 행이 '~했더랍니다', 마지막 행이 '~게지요'로 끝나고 있어 마치 유행가 가사 1·2절을 듣고 있는 듯한 느낌을 준다. 말투도 예스럽다. 원래 4연 28행의 비교적 장시에 속하는 ③의 경우는 3·4조(혹은 4·4조)의 음수율에 4음보의 음보율을 장착한 평시조나 가사처럼 읽힌다. 말투도 의고스럽기는 마찬가지다. 이처럼 이윤선의 시적 틀은 고전시가의 그것을 따르고 있다. 이는 앞에서도 지적한 것처럼 그의 전공 영향 탓이다. 그러나 최근에 쓴 것으로 보이는 작품이나 서사적인 내용을 담고 있는 산문시들은 비교적 이러한 고정된 틀로부터 자유롭다. 이미 그가 눈치를 챘다는 이야기다.

남도의 가락·설화·사투리

필자는 앞에서 진도 출신인 이윤선이라는 인간 자체가 남도의 문화적 자산으로서도 소중한 가치가 있다는 견해를 밝힌 바 있다. 이는 그가 남도문화의 전반을 아우르는 해박한 지식을 갖춘 학자여서가 아니라, 그 스스로가 어쩌면 생래적 자질을 타고났거나 아니면 진도라는 특수한 지역 환경 속에서 성장하면서 자연스럽게 그 문화적 자질을 습득한 사람이라는 판단이 들기 때문이다. 다들 알다시피, 진도는 남도에서도 그 문화적 원형이 지금도 살아 있는 곳이다. 특히 독특한 민속과 소리의 고장으로 유명하다. 필자는 처음에 그의 시집 원고를 읽으면서 이에 관한 시편들이 많을 것으로 짐작했다. 그러나 막상 읽어보니 고전문학에 관한 것이나 개인적인 시편이 더 많았다. 그래도 진도의 소리, 설화, 사투리 등을 형상화한 시편이 포함되어 있어 그나마 다행스럽고 기뻤다고나 할까.

  따닥따닥 타들어간다
  고저장단 그윽하니 계면조의 선율이다
  눈 내리지 않던 지난 겨울 때문일 것이다
  아버지 헛기침하시던 불규칙 리듬

  때때로 밑둥거리 타다가 튀어 오르는 리듬
  대삼소삼 장단들이 앞서거니 뒤서거니 한다
  필시 뒤늦은 여름장마 때문일 것이다
  어머니 정재서 딸그락거리시던 소리

  봄 가뭄 여름장마 한 몸에 겪고도
  반성 한 되 콩알 만들어낸 것이 가상하다

콩알 모여 간장 되고 된장 되고 고추장 된다
껍질은 모여 외양간 쇠죽솥으로 간다
마지막 남은 콩대 모아 태운다
니람에 콩재 섞고 무명베 풀어 쪽물 들였더니
쪽빛보다 그윽한 남빛 가을이 내려왔다
한 몸 불살라 만드신 그윽함 때문일 것이다

– 「콩대를 태우며」 전문

위의 시는 콩대를 태우며 남도문화의 본질인 곰삭음의 미
학을 육화시킨 명편이다. 1연과 2연에서는 타들어가는 콩대
에서 나는 소리를 판소리의 '계면조界面調 선율'로 연결시킨다.
판소리가 몸에 배인 사람이 아니고서는 불가능한 감각적 발견
이다(이윤선은 고수이자 소리꾼이다. 참고로 필자는 발견이 있는 시를
높게 친다). '따닥따닥' 소리가 마치 고수의 북장단 같다. 2연의
'어머니 정재서 딸그락거리시던 소리'도 마찬가지다. 다만 선율
이 '그윽'할 수 있는 것은 '눈 내리지 않던 지난 겨울'과 '뒤늦
은 여름장마' 때문임을 적시하고 있다. 이는 수많은 신산고초
를 겪은 후에야 비로소 '그늘'(한)이 있는 소리를 얻을 수 있다
는 판소리 득음의 과정을 의미한다.

3연도 '봄가뭄 여름장마'를 겪은 '콩알'이 모여 '간장 되고
된장 되고 고추장' 되는 과정을 보여준다. 전라도 사투리 중에

표준어로도 등재된 '게미'라는 독특한 말이 있다. 이 말은 판소리로 치면 앞에서 말한 '그늘'과 맞먹는다. 이는 오랜 발효(숙성)의 과정을 거쳐야만 '게미'(깊은 맛)가 있는 남도음식이 만들어짐을 의미한다. '반성'(발효) 없는 소리는 그냥 '떡목'에 불과할 것이다. 4연은 콩대가 마지막까지 '한 몸 불살라' 나온 '콩재'와 '니람'(천연 쪽 염료)을 섞어 '쪽물'을 들여야만 숭고한 '남빛'이 탄생하는 과정을 보여준다. 그것을 '쪽빛보다 그윽한 남빛 가을(하늘)이 내려왔다'라고 표현한 솜씨가 예사롭지 않다. 이렇듯 이윤선은 소리나 음식이나 색깔이 모두 최고의 경지에 이르기 위해서는 시련의 과정이 반드시 필요함을 잘 알고 있는 사람이다. 그것이 곧 남도문화의 본질인 곰삭음의 미학이 아니고 무엇이겠는가.

지력산 용둠벙 동백사의 수도승

천일기도 완수하려던 999일째였다

한 아가씨 나타나 유혹하니 어찌하였을까

구백아흔아홉 날의 정진 따위 까맣게 잊어버리고

매혹에 엉켜 하룻밤을 유하고 말았다더라

천지신명 노하셨던지 수도승에게 벼락을 내렸다는데

머리는 날아가 불도가 되고 겉옷은 날아가 가사도가 되고

손가락은 날아가 손꾸락섬이 되고 발가락은 날아가 발꾸락섬이

되었다

바지는 날아가 하태도가 되고 저고리는 날아가 상태도가 되었다
유혹에 못 이긴 마음 휑한 구멍 뚫려 혈도가 되었다

방구도, 돈도, 접우도, 가덕도, 외공도, 우이도
지력산 용둠벙 자락 세방마을에서 바라보는 서해 섬들은
수도승 몸 산산이 부서져 날아 앉아 만들었다
궁금하다 이 광포 설화, 정진의 중단을 문제 삼은 것인가
서해 같은 조도, 섬들의 기원을 말하고자 함인가

세상의 모든 해 받아 안은 낙조의 땅
어느새 솟대새들 무리 지어 음陰의 정점 태궁으로 오르는 시간
이다
애통할 필요 있겠는가, 그저 붉은 노을 실려 그윽하게 스며들 수
있다면
언제였던가 아득한 꿈결 같은 구백아흔아홉째 날
오늘이 그날이다 매혹의 장엄 위에 몸 산산이 뿌릴.
나는 비로소 북새의 유혹 받아 섬이 된다

– 「내 삶의 마지막 여행지」 전문

  이번 시집에서 이윤선이 시로 풀어내고 있는 남도의 설화
는 주로 '섬'에 집중되어 있다. '섬'의 탄생설화가 그것이다. 위

의 시는 그의 고향인 진도의 부속 섬들의 탄생에 얽힌 설화를 자세히 들려주면서 자신도 마지막엔 그 근원으로 돌아가 섬이 되고 싶은 소망을 드러낸다. 무인도(무명도)를 제외하면 세상에 존재하는 섬들은 모두 이름이 있듯이 탄생과 관련한 이야기가 있을 것이다. 그러나 진도의 섬들, 그것도 본도가 아닌 부속 섬들, 특히 장엄한 낙조로 유명한 '세방마을에서 바라보는' 주변 섬들은 그 탄생설화가 유별나게도 불교와 관련이 깊다. 1연의 탄생배경에 이어 2연에 나오는 '불도', '가사도', '손꾸락섬', '발꾸락섬', '하태도', '상태도', '혈도' 등은 벼락 맞아 흩어진 '수도승'의 심신이나 의상과 직결된 이름들이며, 3연에 나오는 '방구도', '돈도', '접우도', '가덕도', '외공도', '우이도' 등도 '수도승'의 생활과 관련이 깊은 이름들이다. 필자는 이들 섬에 대한 탄생설화를 누가 만들었는지는 모르지만, 참으로 대단한 문학적 상상력의 소유자임이 분명하다는 생각을 지울 수 없다.

4연에서 시적 화자는 '낙조의 땅' 진도 세방에서 '세상의 모든 해'가 빠져 죽듯이, 천일기도를 완수하지 못해 천지신명으로부터 노여움을 받은 수도승의 몸이 벼락을 맞아 산산조각이 나서 섬이 되었듯이, 자신도 그때가 이르렀음을 직감한다. 그렇게 '북새의 유혹'을 받아 섬이 될 수 있다면 전혀 '애통할 필요'가 없다는 초연한 삶의 자세를 보여준다. 이른바 물아일체, 자연합일의 서정적 세계관이요, 인생관이다. 필자는 머지

않아 때가 오면 이윤선이 이를 이행할 것 같아 한편으론 염려
스럽고, 한편으론 부럽다.

    어머니, 생각나시는 게라
    모방 두대통 가득 늦감자 쌓아두고
    무수싱건지 국물 삼아 끼니 때우던 일
    그때는 어째 그리 내키지 않았을께라.

    어머니, 댓마지기 사래 긴 밭
    사십일감자 물감자 심어두시고
    동짓달 이르면 안 된다고 몽땅 썰어 널으셨지라
    판매날짜 기다리던 일 어째 이리 아득할께라.

    － 「늦감자를 캐며」 전반부

　　『혼불』의 작가 최명희는 "모국어라는 우리의 문화유산 속
에는 반만년 이어져온 인간과 자연의 모습, 전통, 역사, 문화,
예술의 혼이 살아 숨 쉬고 있다."고 했다. 여기에서 '모국어'는
방언(전북 사투리)을 가리킨다. 방언은 그 지역 공간에 사는 가
족과 친구와 동네 사람들을 하나로 묶어주는 끈이다. 그래서
우리는 우리가 사는 지역 토착어인 방언을 통하여 서로 연대
감과 동질감을 느끼고 자신의 정체성을 확인하면서 살아간

다. 특정 지역의 정서를 드러내기 위한 문학작품의 창작에 있어서 방언의 활용은 어쩌면 필수적이다. 방언이 아닌 표준어로 그 지역의 독특한 정서나 문학적 리얼리티를 제대로 살려낼 수 없기 때문이다.

이를테면, 전라북도를 배경으로 하고 있는 최명희의 소설 『혼불』이나 전라남도 강진을 배경으로 하고 있는 김영랑의 시 「오-매, 단풍들것네」를 표준어로 썼다고 가정해보라. 그 실감이나 리얼리티는 아연 반감되고 말 것이다. 따라서 무조건 모든 작품을 방언으로 써서는 안 되겠지만(그럴 경우 자칫 천박성으로 떨어짐), 지역을 배경으로 한 문학작품을 창작할 경우 방언의 활용은 적극 권장해야 할 사항이라는 것이 필자의 생각이다.

이윤선의 이번 시집에서 가장 도드라지는 특징은 전라남도 방언의 적극적인 활용을 통해 남도 정서와 문화적 숨결을 잘 드러낸 데에 있다고 해도 과언이 아니다. 그야말로 전라도 사투리의 경연장이라고 할 만하다. 같은 전라도 사람이라도 지금은 잊어버렸거나 사용하지 않는 사투리가 상당수의 시편에서 간단없이 출몰한다. 필자는 시 속에서 그가 구사하는 사투리를 통해 같은 전라도 촌놈으로서 무한한 정서적 동질감을 느끼며 아득한 유년시절의 기억 속으로 새록새록 빠져든다.

구어체로 쓴 위의 시는 '않았을꺼라', '아득할꺼라', '널으셨지라' 같은 전라남도 사투리의 종결어미 '~라(우)'를 통해 독특한 눙침의 말맛을 보여준다. 또한 그 앞의 '~께'도 전라남도 사투리에서만 볼 수 있는 된소리의 깡깡한 말맛을 보여준다. '두대통'(나락이나 고구마를 넣어두는 뒤주), '무수'(무), '싱건지'(물김치, 동치미) 같은 명사나 '어째'(왜인지) 같은 부사들이 오랜만에 만난 고향 친구처럼 반갑고 정겹다.

이밖에 지금은 잘 쓰지 않거나 사라진 전라남도 사투리만 골라 조금만 소개하면 다음과 같다. '유제'(이웃), '초꼬지불'(등잔불), '애끼다'(아끼다), '암만'(아무리), '있을랍디요'(있을까요), '싸목싸목'(천천히), '숭키실라고'(숨기시려고)(이상 「아무 글자든 쓰거라」에서). '까끔'(산), '깔'(풀), '노물'(나물), '정재'(부엌), '부숭'(부뚜막), '빼'(뼈)(이상 「벙어리 바람」에서). '개옹'(개울), '갱번'(썰물 때 드러나는 바닷가), '차꼬'(자꾸), '현몽하시는디'(현몽하시는데), '어짜든지'(어쩌든지), '물괴기'(물고기), '따복하게'(다복하게, 소복하게)(이상 「적금도 밥무덤」에서). '지스락'(처마끝), '쇠죽'(소죽), '소 띠긴담시로'(소 풀 먹인다며), '작신'(흠씬)(이상 「안개」에서). '부삭'(부엌), '비땅'(부지땅), '동우'(동이)(이상 「감자엿」에서). '쪼가리'(조각)(이상 「거름포대기에 쓴 유서」에서).

우주적 상상력과 초연한 삶

이번 시집에서 또 한 번 필자의 주목을 끈 것은 신화적 상상력이나 우주적 상상력으로 노래한 시편이다. 「꼭두닭」, 「마당밟이」,「비로서」,「윤슬」,「가을 북새」,「그윽이 내 몸에 이르신 이여」,「갯벌」등과 같은 시들이 여기에 해당한다. 이들은 천지개벽과 만물 생성의 이치를 신비스럽고 영험하게 노래하거나 세계를 역학적, 기하학적 발상으로 접근한 시들이다. 창세 신화, 주역, 노장사상 등 인문학적 지식과 무속신앙 등 종교적 지식을 바탕에 깔고 있는 이들은 매우 광대무변하고 심원한 시의 넓이와 깊이를 보여준다. 이러한 시는 도저한 인문학적 인식력이 갖추어지지 않으면 쓸 수 없다. 지금까지 시인들이 거의 발을 들여놓지 않은 영역이라는 점에서 앞으로 이윤선이 여기에 시의 닻을 내린다면 좋을 것이라는 전망을 해본다.

낮은 개옹 썰물 갱번에는

거대한 나무 한 그루 자란다

바다 깊숙이 뿌리 두고

달을 향한 연모 키우다

사릿발 간조 때 이르러서야

잔가지들 생육한다

지상의 숲을 향해 만개하는

물의 수목들 잎 피고 꽃 피고

가지 치던 계절

찬바람 불어 지상의 꽃들 열매 맺으면

포래, 감태, 모자분, 미역 오만 해조들

비로소 심해의 나무 되어

잎 피고 꽃 피워 숲을 이룬다

계절 바꾸어 거꾸로 자라는

시어핀스키 피라미드 대칭성 기하학

지상과 해저의 나무들이 말해준다

나무와 나무가 바꾸어 서고

물과 불이 바꾸어 서는 계절

대대(待對)의 거대한 우주목 따라

비로소 남자와 여자가 바꾸어 선다

– 「갯벌」 전문

위 시는 바다의 '갯벌'을 '지상의 숲'과 대칭을 이루는 하나의 '거대한 나무'로 본 역발상 혹은 우주적 상상력이 발현된 작품이다. 갯벌을 바다생명들의 자궁이요 요람으로 노래한 시는 있어도, 하나의 거대한 나무 그것도 '우주목'으로 본 시는 처음이다. 1연은 갯벌이 '사릿발 간조 때'(바닷물이 가장 많이 빠지는 물때)가 돼야만 제 모습을 드러내는 광경을 설명한다. 그것을 '잔가지들 생육한다'고 비유하고 있다. '달을 향한 연모

를 키우다'라는 구절은 달의 인력에 따라 바다의 물때가 정해
지는 밀접한 상관관계를 말한다. 그러므로 신화적 상상력에
서 달과 바다는 여성을, 해와 육지는 남성을 상징하는 것이다.
그래서 바다의 숲은 '지상의 숲을 향해 만개'하는 것이다. 2
연은 '지상의 꽃들 열매' 맺는 계절이 되면, 바다의 갯벌에도
'포래, 감태, 모자분, 미역 오만 해조들/비로소 심해의 나무
되어/잎 피고 꽃 피워 숲을' 이루는 광경을 설명한다. 이른바
우주의 순환과 조화의 원리다. 3연 역시 계절의 순환에 따라
지상과 해저의 '나무와 나무들이 바꾸어 서고', '물과 불이 바
꾸어 서고', '남자와 여자가 바꾸어 서'는 역학의 원리를 말하
고 있다. 이를 시인은 시어핀스키의 '피라미드 대칭성 기하학'
과 닮았다고 보는 것이다.

지난 한철 키 넘게 자라더니

튼실한 구근을 키웠구나

가을내 노랗게 뒤얀 귀퉁이 덮었어도

따뜻한 눈길 한번 못 받더니

언제 알알 튼실하게 키웠더냐

설매 홍매 아니라고

군자 선비 아니라고 뉘가 눈길 주었더냐

나리 국화 아니라고

시인 묵객 아니라고 일필휘지 못 하였더냐

그저 묵묵히 꽃을 피워냈을 뿐

돼지감자 파며 지난 여름 떠올린다

잘 씻어 삶고 썰어 고운 볕 말리며

무서리 견디던 무리꽃을 생각한다

아무 눈길 받지 못했어도 탓하지 않고

이름도 빛도 없이 뿌리 키우신

돼지감자꽃 같은 꽃을 피워야겠다

돼지감자 같은 구근을 키워야겠다

살아생전 눈길 한번 받지 못하셨어도

묵묵히 뿌리 키우시던

돼지감자꽃 같으시온 어머니

– 「돼지감자」 전문

앞에서 언급한 바처럼, 이윤선은 다니던 직장을 과감하게 때려치우고 현재 자기 방식대로 자유롭게 살고 있다. 그런 만큼 살림살이가 궁하다는 이야기다. 그런데도 엄살 안 부리고 꿋꿋하다. 위 시는 그가 지닌 풍모와 삶의 지향성이 어떤 것인지를 말해주는 자화상이다. 여기에서 '돼지감자=어머니=나'

이다. 돼지감자와 같은 삶을 살아오신 분은 어머니이지만, 그런 어머니의 삶을 닮고자 하는 것은 나이기 때문이다. 알다시피 돼지감자(일명 뚱딴지라고도 함)는 4대 식량작물인 감자와는 달리 잡초나 다름없는 국화과 식물(꽃의 색깔이 노랗다)이다. '구근'이 감자를 닮았지만 울퉁불퉁하고 못생겼다. 그러면 이 시에서 돼지감자는 어떠한 식물인가. 그것은 한마디로 남(세상)의 '눈길 한번 못 받은' 식물이라는 데 초점이 맞추어져 있다. 그럼에도 불구하고 '묵묵히 꽃을 피'우고, '묵묵히 뿌리 키'워 온 식물이다. 그런 돼지감자의 모습이 어머니의 삶과 겹치지만, 사실은 어머니를 통해 나를 이야기한 것이니, 이것이 자화상을 보여주는 시가 아니고 무엇인가. 그리하여 4연에서 화자는 '돼지감자꽃 같은 꽃을 피워야겠다/돼지감자 같은 구근을 키워야겠다'고 자신의 삶에 대한 목표와 방향을 설정하고 그 각오를 다지는 것이다.

이처럼 이윤선은 제 삶의 목표를 무슨 화려하거나 거창한 것이 아니라 돼지감자처럼 소박하되 튼실한 열매를 맺는 데 두고 있다. 그것이 비록 뚜렷하지 않아 남의 눈길을 끌지 못하지만, 인간으로서 신의도 의리도 저버리고 제 이익만을 위해 변신을 일삼는 자들이 판치는 작금의 세상에서 제 가치관을 지키는 삶이라고 믿는다. 위선이 아닌 진실한 선비의 길이요 이름을 내세우지 않는 예인의 길이라고 생각한다.

나가며

　지금까지 살핀 대로, 이번 이윤선의 처녀시집은 그가 지금껏 살아온 삶의 풍경과 자연스럽게 몸에 배인 남도의 정서적 숨결과 앞으로 남은 생에 대한 성찰을 고스란히 담고 있다. 그리고 등단이라는 요식 행위를 거치지 않았음에도 불구하고 그 시적 자질이나 기본기가 차고 넘치는 수준임을 확인할 수 있다. 다만, 앞으로 더욱 좋은 시를 쓰기를 바라는 마음에서 몇 가지 조언을 덧붙이는 것으로 맺음말을 대신하고자 한다.

　첫째, 기존의 시적 형식을 의식하지 말고 자유롭게 썼으면 좋겠다. 특히 고전적 율격이나 말투는 버려야 한다. 어차피 이윤선의 시는 제도권을 의식하지 않고 있기 때문이다.

　둘째, 진도 출신이니만큼 진도의 자연, 역사, 민속, 소리, 그림 등에 관한 시를 많이 썼으면 한다. 다른 이야기는 이윤선이 아니어도 쓸 사람이 많기 때문이다. 다른 사람이 쓸 수 없는 이윤선만의 진도의 이야기를 자연스럽게 시로 풀어낼 때 그 자체만으로도 소중한 문학적 가치가 있을 것이다.

　셋째, 신화적 혹은 우주적 상상력으로 세계를 바라보는 시각을 더욱 확장해갔으면 한다. 이 또한 아무나 쓸 수 없는 새로운 영역이니만큼 지금까지 이윤선이 축적한 인문학적 지식과 인식력을 바탕으로 한다면 충분히 가능하리고 본다.

　이제 이윤선도 어느덧 인생의 가을에 이르렀다. 이번 시집의 "바람 불고 눈 내리면 서방西方으로 귀천할 뿐인데/무슨 미련 더 남아 마당 가득 붉히는가/내게 가을은 부끄러운 낯빛이다"(「가을 마당에 서서」)와 같은 구절처럼 지금까지의 삶을 성찰하고 조용히 생을 갈무리하고자 하는 시편이 많다. 그러나 그의 나이가 아직 이순耳順에도 미치지 못했음을 감안하면 이러한 인식은 다소 이르지 않을까 생각한다. 애써 늙은 티를 낼 필요는 없다는 뜻이다. 다소 삶이 힘들더라도 지금까지 견지해온 자세를 잃지 말고 끝까지 원융무애의 바람처럼 살아가기를 소망한다. 끝으로 이윤선 시인의 탄생을 축하하며 삼가 마음의 술잔을 가득 채워 건넨다.

다할시선 008

그윽이 내 몸에 이르신 이여

2021년 5월 20일 초판 1쇄 인쇄
2021년 5월 24일 초판 1쇄 발행

지은이   이윤선
펴낸이   김영애
편 집   김배경
디자인   엄인향
펴낸곳   SniFactory (에스앤아이팩토리)

등 록   제2013-000163(2013년 6월 3일)
주 소   서울시 강남구 삼성로 96길 6 엘지트윈텔1차 1210호
          www.snifactory.com / dahal@dahal.co.kr
          전화 02-517-9385 / **팩스** 02-517-9386

ⓒ 2021, 이윤선

ISBN   979-11-91656-07-7   (03810)   값 10,000원